인생을

바꿔라

강준현 장편소설

FUSION FANTASTIC STORY

인생을 바꿔라 2

강준현 장편소설

초판 1쇄 찍은 날 § 2016년 4월 26일
초판 1쇄 펴낸 날 § 2016년 5월 3일

지은이 § 강준현
펴낸이 § 서경석

편집책임 § 이재림

펴낸곳 § 도서출판 청어람
등록번호 § 제387-1999-000006호
등록일자 § 1999. 5. 31
어람번호 § 제1-2417호

주소 § 경기도 부천시 원미구 부일로 483번길 40 서경B/D 3F (우) 14640
전화 § 032-656-4452 팩스 § 032-656-4453
http://www.chungeoram.com
E-mail § chungeorambook@daum.net

ⓒ 강준현, 2016

ISBN 979-11-04-90785-2 04810
ISBN 979-11-04-90783-8 (세트)

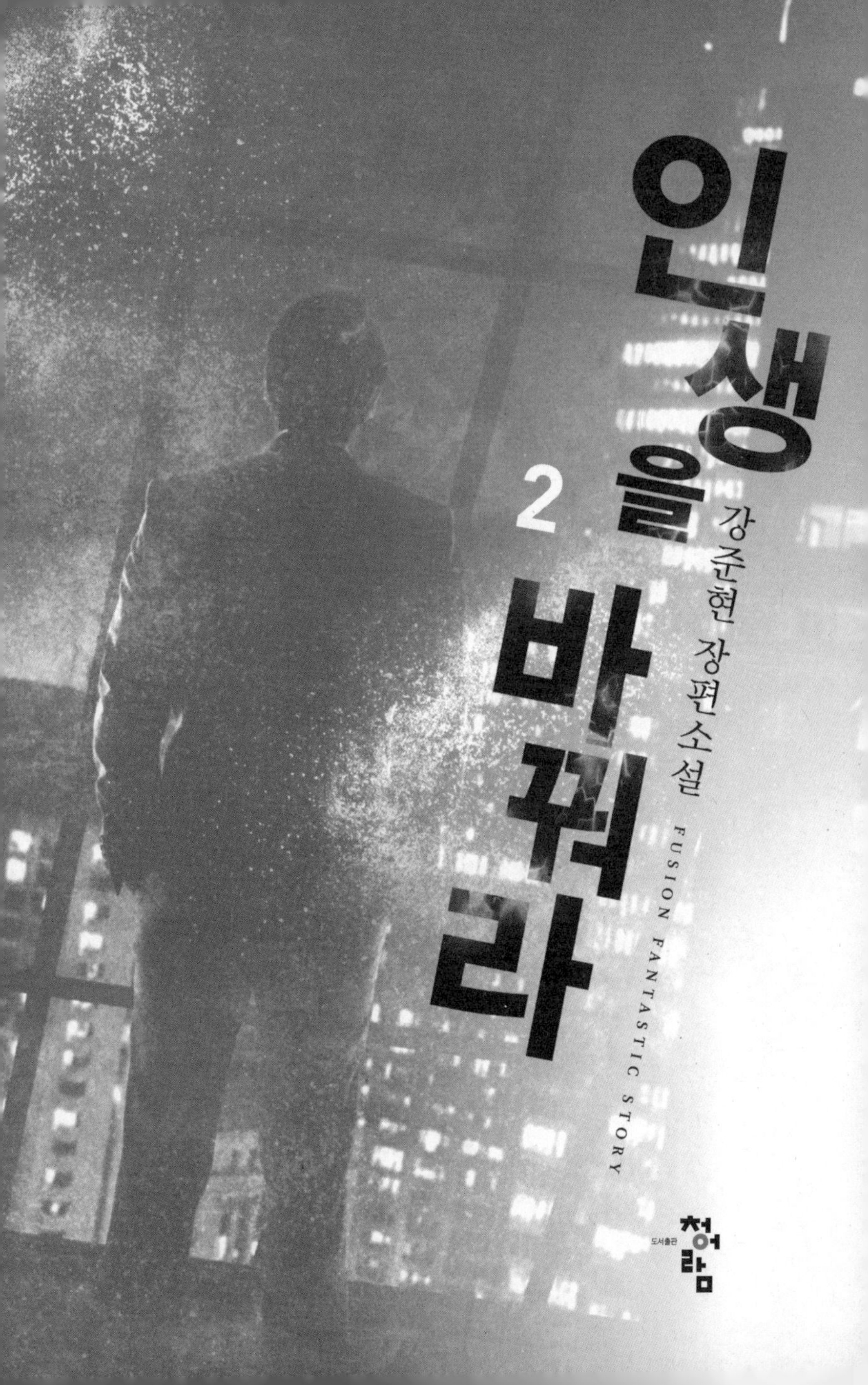
인생을 바꿔라
2
강준현 장편소설
FUSION FANTASTIC STORY
도서출판 청어람

목차

제1장

가족

　우중춘은 지금껏 살아오면서 공포를 느낀 적이 있었는지 새삼 떠올려봤다.

　귀신이나 원혼이 존재하지 않는다는 건 오래전부터 알고 있었다. 만약 그런 것이 존재했다면 자신은 이미 수백 번은 더 죽었을 것이다.

　인간에게는 더욱더 공포를 느낄 이유가 없었다. 누가 더 잔인할 수 있는지에 대한 게임에서 그는 진 적이 없었다. 지금까지는.

　"너희들은 자신이 강하다고 생각했을 거야. 하지만 내가 볼 때 일반인들과 다르지 않아. 다만 너희들이 가해자 입장에서 있었기에 그렇게 느끼는 것뿐이지. 내가 묻는 것에 절대 말하지 마. 그리고 피해자로서 네가 얼마나 강한지 겪어봐."

"우웅! 웅웅! 우웅!"

'입을 막아 놓고 질문을 하는 법이 어디 있어!'

"……!"

끔찍한 고통과 함께 머릿속이 하얘졌다. 기절이라도 해 벗어나고 싶었지만 눈앞에 있는 자는 그마저도 못하게 완급을 조절했다.

영원할 것 같은 고통이 멈췄다.

그렇다고 해서 고통이 사라지지는 않았지만 의사를 표현할 정도는 되었다.

"웅, 우웅……."

"아직도 말할 수 없다고? 약하다고 생각했는데 내 예상이 틀렸군."

모든 것을 말하겠다고 말한 것을 잘못 이해하는 사내를 향해 망가진 몸을 생각하지 않고 고개를 격렬하게 흔들었다. 그리고 그제야 사내는 알아듣는 듯했다.

"말하겠다고? 더 버틸 줄 알았는데… 어쩔 수 없지. 나도 이젠 이곳을 벗어나야 할 때거든."

사내는 입에 물린 재갈을 거칠게 풀어주었다.

"콜록콜록! 비, 비밀번호는 3684521459입니다. 기존의 자료는 거래가 끝나면 모두 없애버려서 더 이상은 없습니다. 차용증은… 차용증은……."

차용증을 잃으면 전 재산을 잃는 것이었다. 그 생각이 잠시 말을 막았지만 선글라스 너머에 있는 사내의 눈빛을 본 순간

다시 입이 열렸다.

사내는 금고를 열어 안에 있는 각종 서류들을 뒤적거리더니 우중춘의 앞에 던졌고, 숨겨둔 금고에서 차용증을 꺼내 한 장을 제외하곤 스테인리스 쓰레기통에 넣고 불태웠다.

멈추라고 소리치고 싶었지만 그럴 용기는 없었다. 그저 선글라스 사내가 빨리 일을 마치고 사라졌으면 하는 생각뿐이었다. 그리고 우중춘이 바라던 대로 금세 끝이 찾아왔다.

"이제 가야겠다."

"모든 걸 말했으니 약속대로……."

"응? 약속? 무슨 약속?"

"비, 빌어먹을 자식! 살려주기로 했잖아!"

우중춘은 조여 오는 죽음의 공포에 고통을 잊고 버럭 소리쳤다. 그리고 손발이 묶인 채 도망가기 위해 버둥거렸다.

"네가 먼저 약속을 어겼는데 내가 왜 약속을 지켜야 하는 거지?"

"무슨 말이야! 내가 언제 너와의 약속을……! 너, 넌!"

말하는 도중 사내는 선글라스와 마스크를 벗었다.

아는 얼굴이었다.

바로 어제 봤던 여지민의 소속사 사장이자 빨대를 꽂아 골수까지 빨아먹으려고 했던 사내였다.

"이 새끼……!"

호구라고 생각했던 인간의 얼굴을 보자 공포는 사라지고 분노가 치솟았다. 그래서 한바탕 욕을 퍼부으려고 했다. 그러나 커다란 주먹이 입을 막았다.

해머로 맞으며 이럴까 싶은 충격과 함께 온몸에 힘이 빠졌다. 그리고 의지완 상관없이 물이 흥건한 바닥에 얼굴을 처박았다.

"확실히 알았어. 난 일본을 싫어해. 매국노도 마찬가지고……"

사내의 이해할 수 없는 중얼거림이 점차 작아지더니 마침내 아무것도 들리지 않았고, 우중춘은 눈을 감았다.

*   *   *

"빌어먹을 놈들! 돈 따고 배짱인 거야, 뭐야!"

여홍구는 문이 굳게 닫힌 도박장 앞에서 한참을 기다렸지만 열릴 기미가 보이지 않았기에 투덜거리며 밖으로 나올 수밖에 없었다.

"젠장! 이제 어디로 가지?"

오늘도 꽁지꾼에게 돈을 빌려 도박을 하려고 했기에 그의 수중에는 천 원짜리 몇장과 동전 몇개뿐이었다.

터덜거리며 걷던 그는 길 건너편에 있는 편의점을 발견하곤 소주와 컵라면을 사서 먹을 생각으로 도로를 건너려 좌우를 살폈다.

끼이이익!

막 길을 건너려 할 때, 승용차 한 대가 그의 앞을 막고 섰다.

집에서는 폭군이었지만 밖에서는 순한 양처럼 구는 그였기에 승용차 운전자에게 욕은커녕 옆으로 비켜서며 편의점으로 가려했다.

"여홍구 씨."

차에서 내린 짙은 양복에 선글라스를 쓴 사내가 자신을 부르는 소리에 여홍구는 몸을 움츠리며 대답했다.

노름 때문에 빚을 지고 험한 꼴을 몇 번 당한 후론 파블로프의 개처럼 양복을 입은 사람들만 봐도 움츠러드는 건 어쩔 수가 없었다.

"누구… 십니까?"

"당신이 진 빚 때문에 왔는데,잠깐 얘기 좀 할 수 있겠습니까?"

정중했지만 강압적인 말투.

언제든 폭력적으로 바뀔 수 있음을 잘 알기에 여홍구는 조심스럽게 되물었다.

"무, 무슨 빚 말입니까?"

"2억 가까운 빚이 있으시죠? 그 빚에 대해 저희가 인계를 받았거든요. 그래서 상환 계획을 듣고 싶습니다만."

"잘못 아신 것 같습니다. 그 빚은… 제 딸내미 회사에서 대신 갚겠다고 했습니다."

"글쎄요, 그건 잘 모르겠고 전 차용증을 인계받아 돈을 받으러 왔을 뿐입니다. 따님의 회사에서 갚기로 했다라… 잠깐 그 얘기를 자세히 들을 수 있을까요?"

사내는 빙긋 웃으며 차문을 열어줬고, 여홍구는 타는 수밖에 없었다.

"이게 저희가 인계 받은 차용증입니다. 정확하게 1억 7,600만

원이라고 적혀 있군요."

"그, 그 차용증은 지, 진짜 차용증이 아닙니다."

"진짜가 아니다? 훗!"

"저, 정말입니다. 원래 제가 빚진 돈은 9,000만 원 정도였습니다. 한데 딸내미 회사에서 1억 7천을 받아 3천씩 나눠가지기한 뒤 그 차용증을 쓴 겁니다."

여홍구는 꽁지꾼에게 당한 것이 아닌가라는 생각에 필사적으로 상황을 설명하려고 했다.

"호오~ 형님을 속이려 했다?"

"네?"

"아무것도 아냐. 난 댁이 어떤 일을 계획했건 아무런 상관이 없어. 그저 차용증을 인계받았고, 그 돈을 받아내면 그뿐이야."

사내, 석두가 어느새 반말을 하고 있었지만 여홍구는 그런 대수롭지 않은 일에 신경을 쓰고 있을 틈이 없었다. 익숙한 상황이었고 다음 차례가 폭력이라는 것 또한 그는 알고 있었다.

"제 딸에게 전화를 해보십시오! 그 애 회사에서 내주기로 했습니다."

"싫다던데?"

"그, 그럴 리가 없습니다. 분명 약속했다고… 전화기를 빌려주신다면 지금 당장 제 딸애에게 전화를 해보겠습니다."

석두는 순순히 전화기를 건넸고 여홍구는 여지민에게 스피커폰으로 전화를 걸었다.

"받아… 받으란 말이야!"

통화음이 길어지자 여홍구는 석두의 눈치를 보며 중얼거렸고, 그의 간절함이 통했는지 연결되었다.

—여보세요?

"나다! 네가 날 못 돕겠다고 했다면서? 어떻게 그럴 수 있니! 아비가 어떻게 될 줄 뻔히 알면서 말이야. 하긴 넌 내가 죽었으면 하겠구나. 네 어미와 함께 언제나 내가 죽기만을 바랐겠지. 하지만 기억해라. 난 널 낳아준 아비다!"

여홍구는 잔뜩 흥분한 상태로 소리쳤다.

자기 비하를 서슴지 않았고 협박 비슷한 말도 꺼리지 않았다. 그래야 여지민이 말을 잘 듣는다는 걸 그는 알고 있었다.

한데 이번엔 여지민의 반응은 여태까지와는 달랐다.

—그럼 저는요?

"뭐?"

—저는 어떻게 되어도 상관없다는 말씀이잖아요. 제가 술집을 전전하며 창녀가 되어 사는 걸 바라는 건가요? 정말… 당신이 제 아버지가 맞나요?

"……!"

여홍구는 울먹임과 화남이 섞여 있는 여지민의 직설적인 말에 망치로 뒤통수를 맞는 기분이었다.

자신의 빚을 딸에게 떠넘김으로써 어떤 결과가 일어날지 알고 있었지만 애써 외면하고 있었다. 한데 여지민의 말을 듣는 순간 상상을 해버렸고 말문이 막혀버렸다.

그러나 죽겠다 싶을 정도로 맞아 보면 오로지 살고 싶다는 생각밖에 들지 않듯이 차 안에서 얼른 벗어나고 싶다는 생각이 여지민에 대한 죄책감을 덮었다.

다그치는 것에서 설득으로 전략을 바꿨다.

"부정적으로 생각할 필요 없다. 넌 회사가 있잖아? 스타가 된다면 그깟 돈이 얼마나 된다고 그러냐. 일단 애비부터 살려다오. 그 다음 천천히 생각해 보자구나."

─전 고작 연습생이에요. 설령 스타가 된다고 해도 아빠가 노름을 끊지 못한다면 밑 빠진 독에 물 붓기일 거예요.

"…인연을 끊겠다는 말처럼 들리는구나."

─가능하다면요. 죄송해요. 연습을 해야 해서… 이만 끊어야겠어요…….

"지민아! 지민……!"

애타게 딸애의 이름을 부르긴 했지만 인연을 끊고 싶다는 말과 함께 흐느끼는 음성에 더 이상 아무런 말도 나오지 않았다.

전화가 끊기고 차 안은 침묵에 빠졌다.

어디론가 가는 자동차 엔진 소리만이 그 침묵을 채웠다.

"…빚은 제가 갚도록 하겠습니다."

"당연한 갚아야지. 그리고 걱정 마, 돈을 받아낼 계획은 이미 다 세워놨으니까."

"…내 몸을 산산이 분해해도 좋으니 가족만은 건들지 말아주십시오."

여홍구는 모든 것을 포기했다.

"방금 전까지 자신의 딸에게 창녀가 되라고 말하던 사람이 맞나 싶군. 아, 그리고 착각하지는 마. 당신의 안구나 장기들에는 관심이 없어. 설령 있다고 해도 뼈까지 판다고 해도 1억 7천이 되진 않을 것 같거든."

"그럼……?"

"일당 10만 원짜리 일을 하게 될 거야. 하지 못하는 날을 제외한다면 대략 1년에 3천 정도는 갚을 수 있겠지. 자, 이 계약서를 읽고 허락한다면 사인해."

석두가 건넨 계약서는 얼핏 봐도 나쁘지 않은 조건이었다. 다만 섬에서 생활해야 하고, 죽을 위험이 높은 배를 타야 한다는 것과 버는 모든 돈을 채권자가 가져가기 때문에 담배와 술조차 살 돈이 없다는 것이 단점이라면 단점이었다.

한데 죽음까지 각오했던 사람치곤 계약서를 읽는 여홍구의 얼굴은 좋지 않았다.

그에게는 죽음보다 두려운 것이 노동이었고, 금주와 금연이었다.

"쯧쯧! 죽는 것보다 일하는 것이 더 싫은가 보군. 역시 이런 인간들은 인간적으로 대해서는 안 된다니까."

"아, 아닙니다! 하겠습니다!"

잠시 망각했지만 그에게 가장 두려운 것은 폭력에 의한 고통이었다.

여홍구는 재빨리 사인을 한 후 계약서와 펜을 석두에게 건넸다.

"자, 실종 신고를 하면 곤란하니까 집에 전화를 걸어 지금의 사정을 잘 설명해. 이제 일하러 가야 하니까."

"지금 당장 말입니까?"

"곤란한 일이 있다면 내가 그 곤란함을 없애줄 수도 있는데 말이야……."

석두의 말에 여홍구는 자신에게 더 이상 어떤 결정권도 없음을 알게 되었다.

조금 더 시간이 흐른 후 차는 작은 횟집과 선착장이 있는 항구에 도착을 했다.

석두는 차에서 내려 누군가와 얘기를 하고 있었고, 여홍구는 이미 짧아질 대로 짧아진 손톱을 물어뜯으며 암울한 미래에서 벗어날 방법을 생각하고 있었다.

"열심히 일한다면 6년쯤 되겠군요."

지금까지 얌전히 운전만 하고 있던 사내가 갑자기 말을 걸어왔다.

"네? 네네."

"뱃일은 아무나 쉽게 못한다고 하던데 걱정은 안 됩니까?"

'당신들이 나에게 시키려는 일이잖아!'

한마디 해주고 싶었지만 운전을 한다고 깡패가 아닌 건 아니었다. 질문에 그가 할 수 있는 최선의 반항은 그저 쓴웃음을 지으며 입을 다무는 것뿐이었다.

그러나 다음 말이 떨어지기 무섭게 입을 열 수밖에 없었다.

"6년을 2년으로 줄일 방법이 있는데……."

"뭐, 뭡니까! 그 방법이라는 것이!"

"당신 딸을 1억 2천에 사겠습니다. 소속사 사장이 막는다고 해도 다 방법이 있으니까요. 마지막 제안이라고 생각하세요. 이 제안을 거부하면 당신은 지옥과 같은 곳에서 꼬박 6년을 있어야 할 겁니다."

당장에라도 그러겠노라고 대답하고 싶을 만큼 솔깃해지는

제안이었다.

그러나 아까 울먹이며 인연을 끊고 싶다던 딸의 목소리가 이성을 붙들었다.

"…못 들은 걸로 하겠습니다."

"내일 당장에 후회하실 텐데."

"그럴지도 모르지만… 어쨌든 싫습니다."

여흥구가 거절을 하자 운전사는 더 이상 권하지 않았다. 그리고 잠시 후 차 쪽으로 온 석두가 운전사에게 물었다.

"형님, 어떻게 됐습니까?"

"1단계."

"그래도 뼛속까지 썩지는 않은 모양이군요. 여흥구 씨, 나와요. 이제 가야 할 시간입니다."

여흥구는 석두가 운전사에게 형님이라는 부르는 모습에 다소 놀랐다. 그리고 이어지는 그들의 대화에서 묘한 위화감을 느껴야 했다.

그러나 그뿐이었다.

차에서 내려 석두를 따라가자 어부 차림의 사내가 그를 기다리고 있었고, 그에게 인계되었다.

석두가 1단계 운운하며 어부에게 말을 했지만 그의 귀에는 아무것도 들리지 않았다.

그저 눈앞에 보이는 낡은 배와 어두운 바다만이 그의 미래를 보여주는 듯했다.

*   *   *

가전무술을 펼치기엔 다소 좁기도 했거니와 침대에서 자고 있는 송미연을 깨우기 싫었기에 호흡법을 마치고 샤워실로 향했다.

얼마 전 데뷔작인 드라마가 끝나면서 종방연을 했는데 그때 조연출인 송미연과 친해지면서 급속도로 가까워지게 되었다.

사귀는 사이라고 보기엔 만남이 짧았고, 즐기는 사이라기엔 조금 애틋했다.

"그래서 우리 사이가 어떤 관계라는 건데?"

맛있게 구워진 토스트를 열심히 씹으며 송미연이 우리의 관계에 대해 뜬금없이 물었다. 난 잠깐 생각하다가 좋은 단어가 생각났기에 말했다.

"썸이지."

"썸?"

'썸'이라는 단어를 전혀 들어보지 못했다는 듯 송미연은 고개를 갸웃거리며 물었다.

'아, 아직 썸이라는 단어가 유행할 때가 아닌가?'

썸은 2013년부터 서서히 유행하기 시작한 단어였는데, 현재는 2011년이었다.

"썸씽(Something)의 준말로 서로 상대에 대해 약간의 호감을 가진 정도랄까?"

"애매모호한 기준이네. 쉽게 말하자면 연인으로 책임지는 건 싫고 가볍게 즐기자는 의미 아냐?"

"긍정적으로 보자면 사귀기 전에 서로에 대해 좀 더 알아보자는 거지. 결혼하기 전에 동거를 하는 것처럼 말이야."

"이해했어. 처음엔 다소 기분이 나빴는데, 지금 생각해 보니 오히려 적절한 말인 것 같아. 나도 아직까진 연애보다는 일을 배우느라 정신이 없거든."

송미연은 쉽게 썸에 대해 받아들였다.

"추석 마지막 날엔 뭐해? 그날은 쉴 것 같은데."

식사를 마치고 급하게 출근 준비를 하던 송미연이 거울을 이용해 날 보며 물었다.

"글쎄, 일단은 이번 추석은 큰집에서 지낼 생각인데 어떻게 될지 모르겠다."

"방송은 없어?"

"들어온 건 있었는데 취소했어."

바뀐 이번 인생에선 큰아버지와 아버지가 의절하다시피 살아왔기에 큰집과 나와의 접점은 거의 없었다. 그저 집안 행사에서 몇 번 본 것이 다였고, 아버지 장례식에도 큰아버지는 잠깐 얼굴만 비추고 가버렸었다.

그러나 나의 기억엔 전신 불구였던 날 위해 희생하고 반신 불구였던 나에게 무엇이든 해주려 했었던 큰아버지의 모습이 있었다.

송미연을 방송국 근처까지 데려다 준 후 향한 곳은 백화점이었다.

추석 연휴 전날이라 백화점은 엄청 붐비고 있었는데, 날 알아보는지 흘깃거리는 이들이 제법 있었다. 다행히 쉽게 말을 걸어오는 사람은 없었기에 석두와 약속한 장소로 금세 갈 수 있었다.

"형님!"

말쑥한 양복 차림의 석두가 카페에 들어서는 날 발견하곤 손을 들었다.

"귀찮게 해서 미안하다."

"별말씀을요. 말씀하신 상품권 여기 있습니다. 봉투별로 가격이 다릅니다."

개인적으로 구매하는 상품권이라 저렴한 사채시장에서 구해 가지고 온 것이다.

난 받은 상품권들 중 일부를 다시 석두에게 건넸다.

"집에 가져다드려라."

"감사합니다, 형님."

"내려갈 준비는 다했냐?"

석두는 아주 어린 시절 부모에게 버림을 받고 충청도에 있는 형제육아원에서 자랐다. 그래서 명절만 되면 선물을 잔뜩 사서 육아원에 내려갔는데, 올해도 마찬가지였다.

"천안에 있을 때 매번 거래했던 곳에서 모두 준비를 해뒀답니다. 내려가서 찾아가기만 하면 됩니다."

"잘 다녀와라. 추석 잘 쇠고."

"네, 한데 형님은 올해도 술집에서 지낼 생각입니까?"

"아니, 큰집에 갈 거다."

"학교에 누가 계십니까?"

큰집, 학교, 빵은 교도소를 뜻하는 은어였다.

"진짜 큰아버지 댁에 갈 거라고."

"…난 또 뭐라고. 한데 의절했다고 하지 않으셨어요?"

"내가 너한테 별소릴 다했구나. 내려갈 거면 얼른 내려가라. 행여나 천안에 가서 애들 만날 생각하지 말고."

사람들이 더 많아지기 전에 쇼핑을 마쳐야 했기에 석두와 헤어진 후 추석선물세트를 파는 곳으로 향했다.

*　　　　　*　　　　　*

11대조였던 김영훈이 내가 가르쳐준 호흡법을 자손들에게 가르치게 됨으로서 나뿐만 아니라 한양 김씨 집안에도 영향을 미쳤다.

손이 귀한 건 바뀌기 전이나 지금이나 비슷했지만 그래도 분가하는 곳도 있었고, 자손들도 약간이나마 번성하게 되었다.

지난 인생에선 없었던 작은할아버지가 계신 것과 큰아버지가 결혼을 해 두 명의 자녀를 둔 것 또한 과거를 바꾼 결과라 할 수 있을 것이다.

큰집, 정확하게는 종갓집은 강남이 개발되면서 용인으로 옮기게 되었다.

돌봉산과 선장산 사이에 위치한 한옥이 보이는 곳에 차를 세운 난 잠시 주위를 둘러보며 기억을 더듬었다.

초등학교 입학 전까지는 명절이면 종갓집에 왔었던 기억이 있었다.

당시 종가집 주변은 거의 밭이었는데, 이젠 예쁜 집들과 아파트들이 과거의 풍광을 대신하고 있었다.

난 다시 액셀을 밟아 종갓집 앞으로 다가갔다.

'벌써들 오셨나 보네.'

예스러운 대문 앞에 있는 공터엔 다양한 차들이 주차되어 있었다.

뒷좌석에 놓인 선물세트들을 양손에 잔뜩 든 난 손님을 맞이하느라 활짝 열린 대문으로 들어갔다.

조금 안으로 들어가자 위로 올라가는 길과 좌로 가는 길이 나왔다. 윗길로 가면 위패를 모시는 사당과 제사를 지내는 한옥이, 좌로 가면 작은할아버지와 당숙부가 사는 곳이 있었기에 좌측 길로 향했다.

초등학생으로 보이는 아이가 마당 한쪽 구석에서 게임기를 가지고 놀다가 날 흘낏 쳐다봤지만 그뿐이었고, 자신의 일에 몰두하고 있었다.

'삼촌과 숙모의 앤가?'

작은 할아버지는 1남 1녀를 두셨다. 그들을 부를 때 정확하게는 5촌 당숙부와 당고모라고 해야 하지만 어릴 때 삼촌, 고모라고 불렀던 기억 때문인지 여전히 그렇게 부르게 된다.

"……."

앞마당 쪽으로 가자 내 또래로 보이는 남자애가 감나무 밑에서 서성거리다 날 물끄러미 바라봤다.

누군가의 얼굴을 연상케 하는 얼굴.

"철민아, 오랜만이다."

김철민은 큰아버지의 아들로 나보다 두 살 어린 동생이었다.

"…누구세요?"

"너무 어릴 때라 기억 안 나려나? 하긴, 네가 다섯 살 때 본 게 마지막이었으니까. 나, 작은아버지 아들 김철이다. 이제 기억 나냐?"

"아……."

"하하! 여전히 기억이 안 나나 보네. 일단 작은 할아버지께 인사드리고 나중에 얘기하자."

어리둥절해하는 김철민에게 빙긋 웃어주곤 큰소리로 왔음을 알렸다.

"저 왔습니다!"

얘기를 나누고 있었는지 작은할아버지, 큰아버지 내외, 삼촌 내외, 고모 내외는 모두 모여 계셨다.

일일이 인사를 드리고 자리에 앉아 작은할아버지가 내 허벅지를 토닥거리며 웃어주셨다.

"어서 오너라. 오느라고 힘들었지?"

"잘 지내셨어요?"

"나야 잘 지냈지. 니 아비도 진즉에 왔었다면 좋았을 텐데……."

작은할아버지는 아버지 얘기를 하며 연신 잘 왔다고 반겨주셨지만, 큰아버지를 비롯해 다른 어른들의 얼굴은 좋지 않았다.

"말씀 중이셨나 본데, 말씀들 나누십시오. 전 좀 있다가 다시 들어오겠습니다."

명절 음식을 준비해야 할 분들이 모두 한 방에 모여 있는 것을 보고 눈치를 채지 못할 만큼 어리석지 않았다. 자리에서 일어나려 할 때, 큰아버지께서 막으셨다.

"아니다. 어차피 너도 알아야 할 일이니 앉아라."

"…네."

난 익숙하지 않은 큰아버지의 냉랭한 목소리에 검지로 볼을 긁적거리며 다시 앉았다.

'힘이 없어 골골거리던 내가 말도 안 되게 강해졌는데 순하던 큰아버지가 쌀쌀맞게 바뀌는 것쯤이야……'

큰아버지의 모습이 다소 낯설긴 했지만 그의 말투엔 의미를 두지 않았다.

난 그가 얼마나 따뜻한 사람인지를 알고 있었고, 그의 눈빛에서 일부러 냉정하게 대하고 있음을 느낄 수 있었기 때문이었다.

"간단히 설명하마. 집안에서 관리하던 땅이 지방정부의 시책에 의해 어쩔 수 없이 팔리게 되었다. 그리고 그 돈이 며칠 전에야 들어왔다."

어른들의 표정이 왜 마땅치 않았는지 알 것 같았다. 그동안 집안에 신경도 쓰지 않던 내가 돈 냄새를 맡고 찾아왔다고 생각한 모양이었다.

'쩝, 오는 날이 장날이었네… 그나저나 집안에 팔 땅이 있었나?'

과거가 바뀌면서 많은 것들이 바뀌었지만 증조할아버지가 만주 벌판을 누비기 전 독립운동 자금 마련을 위해 땅을 팔았던 것은 바뀌지 않은 것으로 알고 있었다.

'전과 달리 약간은 남기셨나 보군.'

직접 독립운동에 참여해서 땅 팔 시간이 부족해서 남았나 보다 생각하며 이어지는 큰아버지의 말에 귀를 기울였다.

"돈의 절반은 세금 문제도 있고 해서 외곽 지역에 땅을 구매하는데 썼고, 나머지 절반은 가족들끼리 공평하게 나누기로 했다."

"그렇군요. 저에게 그런 말씀을 하시는 걸 보면 제 몫도 있나 보군요?"

"정확하게는 네 아버지 몫이지만, 이젠 네 몫이지. 공정하게 나누려고 했고, 여기 있는 모든 사람들이 이의 없이 허락했다."

사실 내가 오늘 이곳에 온 이유는 큰아버지를 보기 위해서였다.

지검장까지 지내고 유명 로펌에 계신 큰아버지가 부족할 것이 있겠냐마는 전신 불구였던 전 인생에서 받은 은혜를 조금이라도 갚고자 함이었고 그러기 위해선 일단 거리를 좁혀야 했다.

"무슨 말씀인지 잘 알겠습니다. 한데 제가 받을 몫은 집안을 위해 써주셨으면 합니다."

"…얼마인지 묻지도 않고 말이냐?"

"얼마든 상관없습니다. 그동안 소원했던 가족들을 보러 왔는데 공교롭게 이런 일이 생겼군요."

진심을 다해 말해서일까 가족들의 얼굴이 다소 풀어지는 듯한 느낌을 받았다.

"녀석, 여기 있는 어느 누구도 널 가족이 아니라고 생각하는 사람은 없단다. 그러니 그런 걱정 말고 네 몫은 잘 챙기거라. 장가갈 때 써야지. 그리고 앞으로는 자주 오고."

작은할아버지는 눈이 보이지 않을 정도로 흐뭇하게 웃으시며 내 손을 꼭 잡아주셨고, 그 순간 왠지 모를 따뜻함이 내 심장 한구석에서 피어올랐다.

'가족이라……'

원하는 대로 거리는 좁혀졌다. 가족 모두와 말이다.

조상에게 제사상을 올리는 모든 집이 그러하겠지만 음식 만들기는 힘든 일이었다. 특히나 종갓집에서는 더욱더.

"도와드릴까요?"

라면조차 내손으로 끓여먹은 지가 언제인지 기억나지 않았지만 힘쓰는 일만은 자신이 있었다.

"냉장고에 가서 배 좀 가져올래?"

"이 통 좀 한쪽으로 치워주렴."

"밭에 가서 파 두세 단만 뽑아 올래?"

당숙모와 당고모는 연신 일을 시켰지만 큰어머니는 굳은 표정으로 요리만 할 뿐이었다.

"큰어머니, 도와드릴 것 없습니까?"

"…없어. 번잡스러우니까 부엌에서 나가 있으렴. 다 큰 녀석이 이리저리 다니니 오히려 불편하구나."

명절 스트레스 때문인지 아님 다른 이유에서인지 몰라도 큰어머니는 잔뜩 날이 서 있었다.

그러겠노라고 대답을 하고 밖으로 나왔다.

게임을 하던 초등학생과 김민철, 그리고 중학생 정도 되어 보이는 여자애가 툇마루에 앉아 스마트폰을 보며 얘기를 하고 있었다.

"안녕, 뭐하니?"

"오빠가 이 사람 맞죠?"

여자애는 스마트폰을 보여주며 말했고 그곳에는 드라마의 한 장면이 나오고 있었다.

"응, 근데……."

"꺅! 내 말이 맞지? 와~ 대박! 친척 오빠 중에 연예인이 있을 줄이야. 반가워요, 오빠. 전 올해 중2인 류리아예요. 우리 반에 오빠 좋아하는 애가 있는데, 그 애가 오빠가 제 사촌 오빠라는 걸 안다면 어떤 표정을 지을지… 꺄아~! 생각만 해도 기분이 좋아요. 아, 증거가 필요하니 사진 찍을까요?"

류리아—류 씨인 걸보면 당고모의 딸이 분명했다—는 쉴 새 없이 떠들며 내 정신을 혼란스럽게 만들었고, 정신을 차리고 보니 다정히 어깨동무를 하고 사진을 찍는 중이었다.

얌전한 샌님 스타일의 김민철, 불만이 많은 건지 원래 성격이 그런지 무뚝뚝한 표정으로 듣고만 있는 김정철, 수다스러운 류리아.

또래라고 하기엔 나이 차이가 많았지만 같은 항렬이라는 점과 딱히 할 일이 없다는 공통점이 같이 앉아 이런저런 얘기를 하게 만들었다.

"근데 민철이 오빠, 민주 언니는 왜 안 왔어?"

"으, 응, 이, 일이 있어서."

"중간고사도 끝났을 텐데 무슨 일?"

"있어. 그런 일이……."

"언니가 왔으면 훨씬 재미있을 텐데. 난 TV나 보러 가야겠다."

류리아가 일어나자 김정철도 게임기를 만지작거리며 일어났고, 툇마루엔 나와 김민철만 남게 되었다.

"…큰어머니 얼굴이 안 좋은 이유가 민주 때문이야?"

김민철이 말할 때 표정을 봤다면 누구라도 김민주에게 무슨 일이 있을 것이라고 추측했을 것이다.

"…별일 아니에요."

"별일 아닌 게 아닌 것 같은데? 솔직히 말해 봐."

난 은근히 재촉했고 김민철은 약간 고민하다가 입을 열었다.

"…그제 가출했어요. 오늘 새벽까지 찾았지만 결국엔 못 찾고 이곳으로 와야 했죠. 아마 그 때문에 엄마의 얼굴이 안 좋은 거예요."

"그래? 그럼 할 일 없는데 우리끼리 찾으러 가볼까?"

큰아버지의 은혜를 조금이라도 갚고 싶었고, 지금이 기회라는 생각이 들었다.

제2장

사촌 여동생 구하기

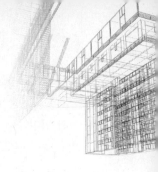

"민주에 대해 간단히 설명해 줘."

"예술 고등학교 1학년으로 미술과에 다니고 있어요. 그리고 친구들과 어울리기를 좋아하고, 또… 이제 보니 민주에 대해 아는 게 많지 않네요……."

김민철은 10초도 되지 않아 설명을 마쳤다.

"사진은?"

"올 초에 중학교 졸업식 때 찍은 사진이 있을 겁니다."

운전을 하던 김민철이 스마트폰을 건넸고, 난 갤러리를 뒤졌다.

"너도 참 심심하게 사는구나."

사진 2장을 넘기자 바로 졸업식 사진이 나왔다.

"사법고시 시험을 준비하느라 바쁘거든요."

"취미도 꽤나 고상한 것 같고……."

졸업식 사진엔 교복을 입은 예쁘장하게 생긴 여자애들이 잔뜩 찍혀 있었다.

"그, 그건……."

"이해해. 요즘 애들 중학생만 되어도 발육 상태가 좋고 예쁘장하지. 한데 가급적이면 미성년자는 상대하지 마. 인생 고달파지니까."

"오, 오해예요! 다, 다른 의도가 아니라 그냥 예뻐서 나도 모르게 찍은 것뿐이에요."

귀까지 빨개지면서 허둥지둥하는 것을 보니 지금까지와 달리 다소 친근감이 느껴졌다.

"훗! 이해한다니까. 기회가 되면 내가 어려보이는 성년을 소개해 줄게. 그나저나 민주는 큰어머니를 많이 닮았네."

"…예술적인 것도 엄마를 닮았죠."

"큰어머니도 미술을 하셨어?"

"미대 교수세요. 몰랐어요?"

"응. 잠깐만, 연락 왔다."

난 '그'에게 김민주에 대한 기본적인 정보와 사진을 보냈고, 1분이 지나지 않아 전화가 왔다.

―빌어먹을 놈아! 스팸이라고 생각하고 무시했으면 어쩌려고 그따위로 보냈냐!

보낼 때 약간의 장난을 쳤다.

[3시간 15만, 하룻밤 30만, 몇 번을 해도 상관없음, 원하는 건 뭐든지 됨…….]

"그랬으면 다시 보냈겠죠."

—됐고! 이 애를 찾아달라고 보낸 모양인데, 추석 끝나고 해주마. 휴일엔 일 안한다.

"두 번으로 쳐드리죠."

—…그럼 드디어 우리 관계가 끝나는 거냐?

"지치지도 않는군요. 정 하기 싫다면 어쩔 수 없죠. 이번 일은 없던 일로 하죠. 대신 다음 일은 정말 어려울 겁니다. 장담하건대 몇 달은 족히 걸릴 겁니다."

—니 놈이 직접 묻은 놈을 찾아달라고 할 셈이냐?

"글쎄요? 어쨌든 다음에 일이 생기면 연락드리죠."

—기다려 봐라! 성격이 그리 급해서 사업이나 제대로 할 수 있겠냐? 해준다, 해줘! 대신 명절이라 일하는 녀석들이 없을 수 있으니까 시간 좀 걸릴게다.

"내일 새벽까지만 찾을 수 있게 해주면 상관없습니다. 두 번을 제해 주는 것이니 그 정도는 해주시리라 믿겠습니다."

—뭐, 내일 새벽? 최소한……!

더 들어봐야 않는 소리만 할 뿐이라는 걸 알기에 전화기를 꺼버렸다.

"심부름센터에 찾아달라고 연락한 겁니까?"

"뭐, 비슷해."

"큰 기대하지 마세요. 아버지도 경찰과 몇 곳의 심부름센터를 이용했지만 못 찾았으니까요."

"걱정 마. 그들보다 훨씬 더 유능한 사람이니까. 그나저나 우린 연락이 올 때까지 휴식이나 취하자."

"…괜히 따라왔다는 생각이 드는 건 왜일까요?"

"글쎄, 두고 보라니까."

난 김민철이 나에게 말할 때처럼 별일 아닌 것처럼 말했지만 마음은 조급한 상태였다.

이미 이틀 동안 여러 곳의 심부름센터와 경찰이 나섰음에도 찾지 못했다면 꽤나 심각한 상황에 처했을 수도 있다는 뜻이었다.

물론 부모도, 학교 친구들도 모르는 친구의 집에서 지낼 수도 있을 것이다. 하지만 친구라고 생각했던 이들이 언제든 범죄자로 돌변할 수 있는 것이 요즘이었다.

"아! 아아아~ 아!"

휴식을 취할 곳으로 태국 발마사지 업소를 찾았는데 연신 비명을 지르는 김민철 때문에 오히려 스트레스가 쌓일 지경이었다.

"근데 왜 가출한 거야?"

"아~ 아! 유, 유학 가기 싫다고요. 엄마는 이왕이면 좋은 환경에서 미술을 배우길 원했는데, 민주는 굳이 외국까지 갈 필요가 없다고 생각했거든요. 그 때문에 말다툼이 있었다고 하더라고요."

"성격은 큰아버지를 닮았나 보네."

"아버지는 별로 고집이 없으신데요."

"그래?"

성격이 타고나는 것이라면 김민주는 큰아버지를 닮았을 것이다. 하지만 그렇다고 인생을 바꾸는 것에 대해 설명할 수 없었기에 순순히 수긍을 하며 넘겼다.

김민철의 비명이 묘한 신음으로 바뀔 때쯤 '그'에게서 전화가 왔다.

"빨리 찾으셨네요."

―의외로 빨리 찾게 되어서 연락했다.

"상황이 나쁜가 보군요?"

급한 상황이 아니라면 거만한 목소리로 일단 자신의 위대함 부터 쏟아냈을 그였다. 한데 약간 급한 어조로 찾아냈다는 말 부터 꺼냈다는 건 일이 급박하게 돌아가고 있다는 얘기였다.

―눈치는… 각설하고, 급하니 얼른 말하마. 가출을 했다가 하필이면 질 나쁜 애들한테 걸린 모양이야.

"어떤 놈들인데요?"

난 안마를 멈추게 한 후 김민철이 듣지 못하는 곳으로 자리 를 옮겼다.

―가출한 애들 망가뜨려서 몸을 팔게 하거나 상품성이 있으 면 아예 조직에 팔아버리는 놈들이 있어.

"…팔렸나 보군요. 어디로 팔린 겁니까?"

―돌핀파.

돌핀파는 돌핀볼링장에서 시작한 조직으로 점차 기업화하는 다른 조직들과 달리 점점 불법적인 일에 열을 올리는 곳으로 지저분한 소문이 많았다.

특히 어리고 예쁜 애들을 돈 많은 인간들에게 대준다는 소 문이 있었는데, 이 순간 그 소문이 거짓이 아님을 알게 되었다.

―정확히 어디 있는지는 못 알아냈다. 의심되는 곳은 두 곳

인데 혜화동과 논현동이다. 자세한 위치는 메시지로 보내 주마.

"고맙습니다."

—차에 설치된 블랙박스와 CCTV 조심해라. 요즘 경찰에서 '해머'를 찾고 있다.

대방동 사건 때문에 해머라는 별명을 얻었나 보다.

"넌 전신마사지 받고 끝나면 근처에서 커피라도 마시고 있어라."

"찾았나 보군요! 저도 같이 갈게요."

"내 말대로 그냥 있어. 전화할게."

"……."

강경한 말투와 표정에 김민철은 이상한 분위기를 느꼈는지 더는 따라오겠다는 소리를 하지 않았다. 난 더 이상의 설명 없이 밖으로 나왔다.

이런 일은 단 5분의 시간 차로도 인생이 바뀌게 마련이다. 일단 무작정 가까운 논현동으로 향했다. 거의 도착할 때쯤 '그'가 정보를 보내왔다.

[CCTV 위치다. 참고해라.]

지도를 살폈고 목적지까지 어떻게 가더라도 최소한 1대 이상의 CCTV는 거쳐야 함을 알 수 있었다.

'피할 수 있다면 피하는 것이 좋겠지.'

목적지에서 5분정도 떨어진 골목에 차를 댄 후, 뒷좌석으로 옮겨 앉아 트렁크에서 변장할 것을 찾았다.

"……."

언제부터 있었는지 모를 정육면체의 하얀색 플라스틱 박스가 눈에 띄었다. 뚜껑을 열자 퀴퀴한 냄새가 풍겼기에 본능적으로 망설이게 되었다.

"젠장!"

적당한 위치에 눈 구멍을 두 개 뚫고 뒤집어썼다. 덜렁거렸지만 역시 트렁크 한쪽에서 뒹구는 박스테이프를 이용해 고정시켰다.

마지막으로 길쭉하고 뾰족하게 생긴 십자드라이버까지 챙긴 난 지나가는 차량이나 사람이 없는 틈을 타 차에서 내려 목표 건물을 향해 뛰었다.

CCTV는 무시했다. 시간을 들인다면 피할 수 있겠지만 지금은 박스를 쓸 때 고민했던 시간조차도 아까울 만큼 급했다.

날 보고 기겁을 하고 피하는 사람들도 있었고 신기하다는 듯 한참을 바라보는 사람들도 있었다.

'저기군!'

겉으로 보기엔 허름한 느낌의 5층 건물이었다.

어떤 일을 하는지 알 수 없는 간판도 몇 개가 붙어 있어 정확하게 알고 오지 않았더라면 절대 찾지 못했을 것이다.

철문이 내려진 입구를 포기하고 바로 지하 주차장으로 내려갔다.

"넌 뭐냐!"

엘리베이터 옆에 놓인 소파에 느긋하게 앉아 있던 덩치들 중 한 명이 벌떡 일어나며 외쳤고, 나머지들은 놀라며 방어 태세를 갖추려 했다.

일어나서 앞으로 다가오는 덩치를 향해 몸을 날리며 회전을
했다.

뒤돌려차기 동작임을 알아챈 덩치는 팔을 올려 막으려했다.
하지만 난 그대로 몸을 낮추며 다리를 뻗었다. 차기라기보다는
걸기였고 덩치는 그대로 옆으로 넘어졌다.

딱딱한 바닥에 쓰러지면서 정신을 못 차리고 있는 놈을 향
해 팔을 휘둘렀다.

푸욱!

가죽이 뚫리는 소리와 함께 날카로운 드라이버가 턱밑을 관
통해 뇌까지 파고들었다.

"이 새끼!"

'우측!'

빠르게 사시미를 빼들고 공격해 오는 세 명 중 가장 가까운
깡패의 눈을 향해 드라이버를 휘둘렀다.

"윽! 큭!"

드라이버에 묻어 있던 피가 그의 시선을 순간적으로 빼앗았
고, 난 깡패를 덮치며 심장을 향해 내리꽂았다.

쓰러진 남자와 함께 소파로 넘어졌다.

휙휙! 푹!

다가오는 살기에 몸을 우로 굴렀다.

이미 주검이 된 자의 몸에 날카로운 칼날이 꽂혔다.

잔뜩 굳은 얼굴이 바로 눈앞에 있는 상태. 녀석의 칼을 든
손을 왼팔로 잡으며 오른손을 쉬지 않고 움직였다.

"악! 윽! 헉! 끄럭!"

역류하는 피에 마지막 비명을 제대로 지르지도 못하고 세 번째 깡패는 모로 쓰러졌다.

"도, 도, 도대체 왜 이러는 거지?"

기가 질렸는지 주춤거리며 물러서는 깡패는 이미 싸울 의지가 없어보였다. 방어를 위해 사시미를 앞으로 내밀고 있었지만 그마저도 눈에 보일 정도로 떨렸다.

"동생 찾으러."

"동……!"

말을 마치자마자 번개처럼 드라이버를 날렸고, 깡패의 이마에 꽂혔다.

사이좋게 대화하고 있을 시간이 없었다. 지하 주차장에는 꽤나 비싸 보이는 세 대의 차량이 서 있었다.

그 말인즉 이미 위에선 일이 벌어지고 있다는 걸 의미했기 때문이었다.

엘리베이터 버튼을 누르고 내려오길 기다리는데, 뒤쪽에서 소리가 들렸다. 정확하게는 한 대의 차에서였다.

와장창!

"사, 살려주십시오!"

창을 깨자 운전기사로 보이는 남자는 화들짝 놀라며 전화기를 놓쳤고, 차 안에서 피하려고 몸부림쳤다.

"잠깐만 기절해 있어요."

퍽!

지금 알려져서는 곤란했기에 운전기사의 뒷덜미를 가볍게 때려 기절시켰다. 그리고 나머지 차에도 운전기사가 있는지를 확인했다. 시간낭비 같았지만 일처리는 확실하게 하는 편이 좋았다.

엘리베이터는 2층까지만 운용됐다. 그 말은 곧 2층에도 누군가가 있다는 소리.

엘리베이터가 열리자 두 명의 사내가 의아한 표정으로 나를 바라보았다.

"올라온다는 얘긴 없었는데⋯⋯."

오래된 플라스틱 박스를 쓴 내 행색을 보고서야 뒤춤에 손이 가고 있었다.

늦었다.

거리는 가까웠고, 난 빨랐다.

날카로운 것이 살을 찌르는 섬뜩한 소리와 함께 두 사내는 서서히 뒤로 넘어졌다.

'털썩'하는 소리가 들리기 전에 이미 난 복도를 걷고 있었다.

복도 좌우로 방이 있는 구조로 한 층에 3개의 방이 있으니 5층까지 총 12개의 방이 있으니 서둘러야 했는데 난 방금 전에 쓰러진 이들이 있는 곳으로 다시 돌아와야 했다.

건물의 겉이 허름한 것과 달리 각 방문은 화려한 철문이었고 튼튼해 보이는 전자자물쇠가 달려 있었기 때문이었다.

빠르게 식어가는 이들의 호주머니를 뒤져 전자식 열쇠를 찾을 수 있었고 첫 번째 방문을 열었다.

"하아, 하악!"

"⋯아웅, ⋯아아~ 아흑."

반백의 벌거벗은 남자가 구분하기 힘든 허리를 연신 움직이

42 인생을 바꿔라

고 있었고, 한눈에 봐도 어리게 보이는 여자애는 약 때문인지 반쯤 넋이 나간 채 간헐적으로 신음을 토해내고 있었다.

한눈에 봐도 정상적인 성관계라고 보긴 어려웠다.

"하악! 하… 컥!"

뒷덜미를 치자 쾌락이 아닌 고통의 신음을 뱉곤 반백의 사내는 여자 위로 쓰러지려 했고 난 발로 차서 옆으로 쓰러지게 만들었다.

"아흐……."

행위가 끝난 줄도 모르고 기계적으로 신음을 내뱉는 여자애를 보자 마음이 착잡해졌다.

하지만 그뿐이었다. 순간의 잘못된 선택으로 인해 너무 큰 상처를 입게 되었지만, 이 또한 선택에 대한 결과였다. 내가 해줄 수 있는 것이라곤 담요를 펴 그녀의 몸을 덮어주는 것밖에 없었다.

난 빠르게 각 방을 뒤졌고, 4층에서 다시 유린당하고 있는 여자애를 볼 수 있었다.

다행히 그녀 역시 김민주가 아니었고, 불행이라면 논현동에는 없다는 것이었다.

*　　　　*　　　　*

서울지방경찰청 산하 광역수사대는 광역 사건—2개 이상의 경찰서에 걸쳐 발생한 동종 사건, 혹은 유사 사건—과 사회적 관심도가 큰 사건들을 주로 수사했다.

그런 광역수사대의 2팀을 맡고 있는 도상엽은 퇴근을 해 씻고 있다가 호출을 받고 경찰청으로 재출근해야 했다.

"도대체 무슨 일이야?"

팀원들 역시 연락을 받고 돌아와서인지 잔뜩 얼굴을 구기고 있었다.

"저희도 영문을 모르겠습니다. 대장님께서 팀장님 오시면 바로 사무실로 오라고 했으니 가보십시오."

입이 그나마 적게 나온 막내의 말에 팀원들의 위치를 파악하라고 명령을 내린 후 대장실로 향했다.

"충성! 도대체 무슨 사건이기에 긴급 소집을 하신 겁니까?"

정중했지만 불만을 완전히 감추진 못했다.

"너만 불만 있는 거 아니니 좋게 좋게 가자. 앉아라. 커피라도 한 잔 주랴?"

경찰서장급인 강진우 총경은 도상엽의 불만을 충분히 이해했기에 부드러운 목소리로 말했고, 도상엽은 불만을 억누르며 자리에 앉았다.

"커피는 괜찮습니다. 어떤 사건인지부터 말씀해 주십시오."

"아직 자세히 아는 사람은 없어. 한데 지청장과 청장님이 관심을 둘 정도로 중요한 사건임엔 틀림없다."

"청장님과 지청장님께서 말입니까?"

경찰이지만 정치적으로 결정되는 자리이다 보니 정계 쪽으로 신경을 곤두세우지, 경찰 일에 관심을 두는 경우는 드물었다.

"…정치인 관련 사건입니까?"

가장 귀찮은 일이면서 하기 싫은 일을 꼽으라면 정치인관련 사건일 것이다. 하지만 그가 같은 기수 중에 가장 빨리 승진을 하는 이유는 이런 정치인 사건을 잘 맡아서였다.

"간단히 정리한 것이니 봐."

강진우 총경은 손으로 적은 몇 장뿐인 서류를 건네며 설명을 덧붙였다.

"절대 공개되어서는 안 된다. 방송과 신문엔 협조를 구해서 문제가 없을 테지만 조심, 또 조심해라. 이유는 설명하지 않아도 잘 알 거고 지금 당장 애들 데리고 가서 현장 정리부터 해라. 입막음 단단히 시키고."

서류를 살피던 도상엽은 서류에서 이상한 점을 찾을 수 있었다.

112에 논현동에서 살인 사건이 일어났다고 제보 전화가 온 시간이 오후 6시 20분. 가까운 순찰대가 출동했고, 현장을 살펴본 경찰들은 보통 사건이 아니라고 생각하고는 바로 관할 경찰서인 강남경찰서에 추가 지원을 요청했는데 그 시간이 6시 40분. 그리고 혜화동에서 또 다른 살인 사건이 일어났다는 제보전화가 온 것이 7시.

도상엽은 스마트폰을 꺼내 자신에게 전화가 온 시간을 확인했다. 6시 54분. 머릿속에 상황이 어떻게 돌아가는지 알 것 같았다.

"논현동 사건 현장에 청장님께 연락할 만한 유력 인사가 있었나 보군요?"

"맞아. 한데 혜화동은 더 난리야. 청장님과 지청장님 전화기가 불날 정도야. 그러니 얼른 출발해. 사건은 어떻게 처리해야 할지 잘 알지?"

"물론입니다."

"관할 서장들에게 연락해 두겠지만 혹시 거치적거리는 것들이 있으면 선조치 후 보고해도 좋아."

"알겠습니다."

막대한 수사 권한까지 보장받은 도상엽은 밖으로 나왔고 팀원들은 모두 모여 있었다.

"집에 들어가지도 못하고 돌아오게 되어 불만이 많을 거라 생각한다. 하지만 지금 지청장님께서 주목하고 있는 사건이니만큼 불만은 잠시 접어두고, 일에 집중할 수 있도록."

"⋯네."

말 한마디에 없어질 불만이 아님을 알기에 영혼 없는 대답이었지만 무시하고 지시를 내렸다.

"B조는 문 형사가 장을 맡아 논현동으로 가고, A조는 나랑 같이 혜화동으로 간다."

"사건 브리핑도 안 하시는 겁니까?"

"서둘러 사건 현장을 통제해야 한다. 이동 중 차에서 할 테니 얼른들 준비해!"

불만은 불만이고 일은 일이었다. 도상엽의 명령에 광역수사대 2팀은 빠르게 움직였다.

서울지방경찰청은 종로구 내자동에 위치했기에 혜화동 사건 현장까진 금방이었다.

브리핑을 마저 마치고 차에서 내리자 냄새를 맡고 온 기자들이 붙었다.

"도 팀장님! 무슨 일입니까?"

"논현동 살인 사건과 연관이 있는 것 같은데 조폭간의 전쟁인 겁니까?"

"한 말씀만 해주십시오."

"사건이 발생한 지 얼마 되지 않아 저도 아는 것이 없습니다. 밝혀지는 대로 공식적인 발표가 있을 겁니다. 그전까지는 보도를 자제해 주십시오. 그럼."

도상엽은 안면이 있는 기자들이었기에 모질게 굴 수 없어 한마디 해주곤 폴리스 라인 안으로 들어갔다.

혜화경찰서에서 나온 형사가 서성대다가 도상엽을 보고 다가와 경례를 했다.

"충성! 혜화서의 최기준입니다."

계급은 도상엽이 두 단계 위였지만 소속이 달랐기에 존대로 대응했다.

"수고하십니다. 서에서 연락은 받으셨습니까?"

"서장님께 연락받았습니다. 경정님의 지시를 무조건 따르라고 하셨습니다."

"고맙습니다. 일단 라인을 조금 더 넓혔으면 합니다."

"조치하겠습니다."

최기준은 다른 형사에게 지시를 하고 도상엽에게 따라붙었다.

고급스러운 철문 안으로 들어가자 입구에 두 구, 올라가는 계단에 두 구의 시체가 뒹굴고 있었고 과학수사팀이 붙어 살피고 있었다.

"모두 꼬챙이 같은 뾰족한 것에 급소를 찔려 즉사했습니다."

"한 사람의 소행이란 말입니까?"

"지금으로는 그런 것 같습니다."

"돌핀파 조직원들이 이렇게 맥없이 당했다니… 범인이 괴물인가 보군요."

"최대한 경계를 하셔야 피해가 없을 겁니다. 안에 들어가 보면 아시겠지만 일곱 명도 별다른 저항을 해보지 못하고 당했습니다. 어디서 이런 놈이 나타났는지……."

수사를 하는 입장에서도 괴물과 같은 놈을 상대하는 건 곤욕스러운 일이었다.

한데 도상엽은 최기문의 말에 고개만 끄덕일 뿐 별다른 반응이 없었다. 그리고 팀원 중 한 명을 붙이는 것으로 할 일을 다 했다는 듯 안으로 들어갔다.

정원을 지나 저택 안으로 들어가자 거실은 전쟁터마냥 시체들이 널브러져 있었다.

도상엽은 죽은 시체를 보러 온 것이 아니었다. 그래서 슥 훑어보다가 조용히 말을 꺼냈다.

"살아 있는 사람들은 어디에 있습니까?"

"…2층 각 방에 계십니다. 아는 사람은 저랑 제 팀원들 중 먼저 도착한 몇 명만 알고 있습니다."

최기문은 마치 이번 사건을 어떻게 처리할지 안다는 듯 말했다.

'나와 같은 부류였군.'

경찰을 단순하게 보자면 경찰청은 서비스업을 하는 회사였고, 경찰들은 직장인이었다. 이런 면에서 회사에서 꼭 일을 열심히 하는 사람이 승진을 하는 것이 아니듯 경찰도 마찬가지였다.

물론 국가공무원으로서 책임 의식을 가진 이들도 많겠지만 그렇지 않은 사람도 있었고, 도상엽과 최기문은 후자였다.

"일을 무척 깔끔하게 하시는군요. 상부에 보고할 때 최 형사님에 대해 꼭 말씀드리겠습니다."

"하하! 할 일을 했을 뿐인데요. 올라가십시오. 전 다른 분께 여자들에 대한 신상을 알려주고 있겠습니다."

"부탁드리죠."

도상엽은 눈치껏 피해 주는 최기문이 마음에 들었다. 기회가 된다면 함께 일을 하고 싶을 정도였다.

2층으로 올라가는 복도에 다른 형사가 지키고 있었다. 하지만 도상엽이 올라가자 옆으로 비켜서며 전자 열쇠를 그에게 건넸다.

도상엽은 살짝 고개를 숙여 감사를 표한 후 가장 왼쪽에 있는 방문을 열고 안으로 들어갔다.

고풍스러우면서도 화려하게 꾸며진 방은 인테리어비만 합쳐도 자신이 살고 있는 집값은 충분할 것 같았다. 그리고 푹신하다 못해 몸이 파묻힐 것 같은 소파엔 TV에서 자주 보던 정치인이 담배를 피우며 앉아 있었다.

'씨발, 이러니 다들 높은 자리에 앉으려고 난리지.'

비참해지는 기분에 속으로 욕을 했지만 겉으로는 내색하지 않고 고개를 숙여 인사를 했다.

"오! 어서 오게. 명절인데 고생이 많구먼."

"할 일을 하는 것뿐입니다."

"아닐세. 괜히 귀찮게 한 것 같아 미안하네. 그래, 언제쯤 이곳에서 나갈 수 있겠는가?"

이런 상황이 아니라면 말도 못 붙일 정치인이 오랫동안 안면이 있는 사람처럼 굴었다.

"밖에 기자들이 쫙 깔려 있어 정상적인 방법으로 나가시려면 조금 오래 걸릴 것 같습니다."

"그렇겠지. 한데 비정상적인 방법으로는 나갈 방법이 있다는 얘기처럼 들리는데 내말이 틀렸나?"

"불편함만 조금 감수하신다면……."

"가족들이 모두 모여 날 기다리고 있으니 이것저것 따질 때가 아니지. 말해보게."

"잠시 후 구급차가 도착할 겁니다. 그때 바디 백(Body Bag:시체를 담는 가방)을 이용해… 괜찮으시겠습니까?"

"껄껄껄! 그것참 기발한 생각이군. 잠시 시체 흉내 내는 것도 나쁘지 않겠지."

"그럼 준비가 되는대로 알려드리겠습니다."

"그래 주시게. 오늘 일은 잊지 않겠네."

"감사합니다."

도상엽은 범인의 얼굴을 봤는지 물어보고 싶은 생각이 아주 잠깐 들었지만 곧 머릿속에서 지웠다.

봤다고 해도 모른 척할 것이 분명했기 때문이었다.

나머지 네 명—정치인, 검찰 관계자, 기업인, 어디 하나 만만

한 인물은 없었다―을 만나면서 도상엽은 같은 말을 앵무새처럼 반복했고, 오늘 일을 잊지 않겠다는 말을 반복해서 들었다.

그리고 앰뷸런스가 도착할 때마다 그들을 차례차례 내보냈다.

"그쪽은 어떻게 됐어?"

―두 명뿐이라 금방 끝났습니다.

논현동까지 유력 인사들이 빠져나갔다는 얘기를 듣고 나서야 도상엽은 안도의 한숨을 내쉬며 담배를 꺼내 물었다.

가장 껄끄러웠던 문제가 해결된 것이다.

만약 유력 인사 중 한 명이라도 기자들에게 노출이 되었다면 책임은 당연히 자신의 몫이었다.

"잘했어. 다음 할 일은 알고 있지?"

―물론입니다. 샅샅이 뒤져 증거를 찾겠습니다.

"좋아. 지시가 있을 때까지 모조리 뒤져. 혹시나 근처에 서성이는 차들도 조사를 해두고."

다음으로 할 일은 관련자들을 찾고 증거를 찾는 일이었다.

그가 말한 것은 범인에 대한 증거가 아니었다.

바로 유력 인사들이 미성년자를 비정상적으로 성매매 했다는 증거였는데, 찾게 된다면 청장과 지청장은 강력한 무기 혹은 방패를 갖게 될 것이다.

'나 역시 안전장치를 하나쯤 갖는 계기가 될 수도 있겠지.'

증거를 확보한다면 한두 명쯤 명단에서 빼낼 생각을 하며 여자애들이 있다는 1층으로 향했다.

"…마약을 먹인 거냐?"

옷을 대충 걸친 여자애들이 바닥에 아무렇게나 누워 있거나 침을 흘리며 멍하니 앉아 있었다.

"예, 죽은 조직원들에게서 다량의 필로폰이 발견되었습니다."

"쟨 왜 저래?"

뒤돌아 앉아 있어 대충 볼 땐 몰랐지만 안쓰러움에 찬찬히 살펴보다 보니 열네 명의 아이들 중 얼굴이 피투성이인 채로 알아보기 힘들 정도로 부어 있는 여자애가 있었다.

"그건 제가 말씀드리겠습니다."

최기문 형사였다.

"범인은 아이들과 손님으로 온 사람들은 손을 대지 않았습니다. 단 한 명만을 제외하곤 말입니다."

"그걸 왜 이제야… 그게 누굽니까?"

"누군지 알아보고 있는 중이라… 얼굴이 완전히 함몰되고 멀쩡한 곳이 없어 바로 알아볼 수가 없었습니다. 게다가 저희가 도착했을 때 거의 죽어가고 있어서 일단 지문만 뜬 다음 병원으로 바로 보냈습니다."

"미친놈! 사람을 벌레 죽이듯 하는 놈이 변태성욕자를 보고 어쭙잖은 정의의 사도 흉내를 냈나 보군요."

최기문이 도착했을 때 바로 알리지 않은 것에 살짝 짜증이 나서 범인을 욕하며 짜증을 풀었다. 물론 최기문의 잘못은 아니었고 탓할 생각은 없었다.

오히려 기자들이 알기 전에 재빨리 처리해준 것에 대해 고마워해야 할 입장이었다.

A팀 조장을 불러 귓속말로 지시를 내렸다.

"…빨리 가서 교통사고 환자로 처리해. 그 다음 가족들에게 연락을 하고. 운전기사가 있으면 말을 맞추고. 그자도 싫다하지는 않겠지."

"차는 사고 난 것처럼 꾸며야 되겠군요?"

"그래."

팀원들 중 들어온 지 얼마 되지 않은 두 명을 제외하곤 일처리를 어떻게 해야 하는지 모두 알고 있었기 길게 얘기할 필요는 없었다.

여자애들은 일단 마약에서 깰 때까지 기다렸다가 간단한 심문을 거친 후 심신을 안정시킬 모처로 이동시키기로 했다. 그녀들의 가족들에겐 모처로 옮긴 후 연락을 하게 될 것이다.

여자애들의 거취까지 결정을 한 뒤 방을 나서려 할 때 증거를 찾으라고 지시해둔 막내 팀원이 방으로 불쑥 들어왔다.

도상엽은 무슨 일이냐는 듯 보았고 막내 팀원은 여자의 숫자를 센 후에야 입을 열었다.

"거실에서 죽은 자의 스마트폰에서 여자애들의 수와 오늘 방문할 사람들을 가리키는 듯한 암어를 찾아냈습니다."

"암어?"

"그냥 별명이라… 정체를 파악하기엔 불가능합니다. 한데 그보다 이거 보십시오. 여자애들의 수는 총 열다섯인데 이곳에 있는 여자애들은 열넷 뿐입니다."

"범인은 여자애들 중 한 명을 구하러 왔다?"

"네, 혹시나 싶어 처음 이곳에 온 형사에게 물어봤더니 방 하나는 비어 있었답니다."

"없어진 한 명의 여자에 대해 알게 된다면 자연스레 범인에 대해 알게 된다는 말이군. 좋아! 김 형사는 여자애의 정체를 파악하는데 집중해."

사건 자체를 엄폐하려는 현 상황에서 범인을 잡은 건 그리 중요한 일은 아니었다. 그러나 비록 눈 가리고 아웅 하는 일일지라도 수사를 하고 있음을 보여줘야 했고 잡을 수 있다면 잡는 것이 좋았다.

제3장

뒤처리

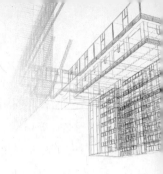

　치기 어린 마음 반과 친구의 부추김 반에 가출을 하게 된 김민주는 얼굴을 쉴 새 없이 두들기는 미지근한 물줄기에 얼핏 정신이 들었다.

　나른한 몸과 모든 것이 환상처럼 느껴지는 기분에 꿈이라고 생각하고 다시 잠들려던 그녀는 같이 가출을 한 친구의 친구라는 사람들을 만나 그들이 건넨 음료수를 마시고 정신을 잃었다는 걸 기억해냈다.

　갑자기 밀려오는 끔찍한 상상에 무거운 눈꺼풀을 무시하고 눈을 떴다.

　물줄기 때문에 눈을 깜빡거려야 했지만 자신이 있는 곳이 욕조임을 깨닫자 끔찍한 상상이 현실이 되었다는 생각에 소름이 쫙 돋았다.

그때 물줄기가 갑자기 멈추며 낯선 남자의 목소리가 들려왔고 난생처음 심장이 쿵 내려앉는다는 느낌을 알 수 있었다.

"정신이 드냐?"

"……! 누, 누구세요?"

김민주는 좁은 욕조에서 몸을 최대한 움츠리며 남자를 봤다.

연예인이라고 해도 믿을 만큼 잘생긴 얼굴에 부드러운 표정을 짓고 있었지만 남자의 젖은 머리가 나쁜 상상을 부채질하게 만들었다.

시선은 자연스레 아래로 향했고 자신이 입고 있는 옷을 보곤 눈물이 왈칵 쏟아졌다.

물에 젖은 와이셔츠와 헐렁한 바지를 대충 입고 있었는데 속옷은 아예 입고 있지도 않았다.

"울지 마. 아무 일도 없었으니까."

남자가 무슨 말을 하는 듯했지만 서러움에 아무런 말도 들리지 않았다. 그저 부모님의 얼굴과 자신의 처지에 대한 서러움에 눈물만 흘릴 뿐이었다.

얼마나 울었을까 서러움이 서서히 사라지면서 잊고 있었던 두려움이 밀려왔다. 축축한 옷 때문인지, 물끄러미 자신을 보고 있는 사내 때문인지 몸이 바들바들 떨려왔다.

"다 울었냐?"

"…절 어떻게 하실 건가요?"

"휴우~ 도무지 내 말을 듣지 않는구나. 그래 어떻게 해줄까?"

"사, 살려주세요! 도, 돈이 필요하다면 제 부모님이 어느 정도 지불해 주실 거예요."

"알았다. 살려주고, 큰아버지와 큰어머니께 널 데려다주마."

"…네?"

다급하고 절실하게 외친 것에 비하면 남자는 너무 간단하게 그러겠노라고 대답했다. 그리고 다소 이해하기 힘든 말을 했기에 절로 이어지는 남자의 말에 집중을 했다.

"난 네 사촌 오빠인 김철이야. 네가 가출했다는 얘기를 듣고 널 찾으러 왔다. 운이 좋았는지 널 찾을 수 있었는데 네가 마약에 취해 있어서 어쩔 수 없이 이런 식으로 깨우게 됐다."

"……."

김민주는 자신의 사촌 오빠라고 말하는 사내, 김철의 말을 곧이곧대로 믿을 수가 없었다. 그러나 자신이 생각할 시간을 주려는 듯 아무 말 없이 기다리는 김철의 얼굴을 찬찬히 살펴보던 그녀는 그가 자신의 오빠나 아빠와 꽤 닮았다는 걸 알 수 있었다.

"…진짜 제 사촌 오빠세요?"

"응, 여기 봐라. 네 오빠 김민철의 전화번호와 큰아버지의 전화번호가 보이지? 그리고 이건 민철이가 네 졸업식에서 찍은 너의 사진이야."

그는 스마트폰을 내밀며 주소록과 졸업식 사진을 보여줬다. 게다가 오빠와 스피커폰으로 통화까지 했다. 다만 손가락을 입술에 대고 조용히 듣고만 있으라는 신호를 보냈다.

─형! 도대체 어디세요? 민주는 찾았어요?

자신의 오빠 목소리가 맞았다.

"민주가 있는 곳에 거의 다 왔다. 혹시나 민주가 날 모른다고 하면 너한테 전화를 걸 테니 대기하고 있어라."

─차라리 제가 가는 것이 낫지 않겠어요?

"널 보고 도망가면 어쩌려고? 그러니 얌전히 있어라. 그럼 좀 있다 다시 연락하마."

통화 중에 고함을 치려고 입을 달싹거렸지만 그때마다 고개를 절레절레 흔드는 김철의 모습에 혹시나 하는 마음 때문에 말을 할 수는 없었다.

"이제 믿겠냐?"

"…네, 한데 왜 절 찾았다고 바로 말을 하지 않은 거죠?"

"이번 가출에 대해 나랑 입 맞춰야 할 일이 있거든."

"무슨……?"

"일단 네가 어디까지 기억하는지 모르지만 가출을 했을 때부터의 상황을 듣고 싶구나."

김철을 사촌 오빠라고 인정을 했지만 처음 본 어색함과 말투에서 풍겨오는 묘한 카리스마에 가출을 했을 때부터 기억을 잃기 전까지의 상황을 설명했다.

"얼핏 어딘가에 누워 있던 것이 기억나긴 하는데 어딘지는 전혀 모르겠어요."

"그렇구나. 이제부터 네게 무슨 일이 있었는지 간단히 설명해 주마. 넌 네 친구의 친구라는 이들에 의해 잠이 들었고, 그들은 잠든 널 팔아넘겼어."

"……!"

"믿기 힘들겠지만 사실이야. 어쨌든 난 우여곡절 끝에 널 찾았고, 마약에 취해 정신을 잃고 있는 널 데리고 나와 이곳으로 왔어."

한 달 동안 친하게 지냈던 학교 친구가 자신을 팔아버렸다는 말은 정황상 사실일 가능성이 높음에도 불구하고 도무지 믿기지가 않았다.

알 수 없는 감정들이 소용돌이쳤다. 그리고 그런 감정들이 어느 정도 가라앉자 김철이 왜 자신에게 사실을 말해 주는지에 대해 의구심이 일었다.

'작은아버지가 조직폭력배여서 인연을 끊었다고 들었는데 설마 이 오빠도……'

김민주는 눈을 떴을 때 급변해 있는 상황 때문에 사고 기능이 제대로 작동하지 않았지만 점차 안정화되어 가자 평소의 똑똑하고 당찬 아이로 돌아오고 있었다.

그리고 생각 끝에 김철이 자신을 집이 아닌 모텔로 데려온 이유가 있음을 눈치챌 수 있었다.

"제가 지켜야 할 비밀이 뭐죠?"

"민철이 말처럼 똑똑하고 똑 부러지네. 비밀이랄 것도 없어. 넌 가출을 했고, 어제 친구와 헤어진 후 찜질방에서 지냈다고만 하면 돼. 그저… 주위에서 무슨 일이 있든지 간에 그렇게만 알고 행동하면 돼. 그게 모두에게 최선이거든."

김민주는 김철이 하는 말에 많은 의미가 포함되어 있음을 알 수 있었지만 자신의 무사한 것이 그의 덕분이라는 것과 자신을 위해 하는 말이라는 걸 알 것 같았기에 아무것도 묻지 않았다.

"알았어요. 그렇게 할게요."

"지금 한 얘기도 둘만의 비밀로 하자."

"그건 오히려 제가 부탁하고 싶은 말이기도 해요. 한데 궁금한 게 하나 있어요."

"뭔데?"

"굳이 이런… 상태에서 물을 틀어놓고 있었어야 하나요?"

마음이 안정되자 비로소 부끄러움이 느껴졌다.

양팔로 가슴 부위를 감싸면서 하는 말이었기에 의미가 충분히 전달되리라 생각했다.

"긴박함 때문에 미처 그 부분까지는 생각을 못했다. 미안하다. 속옷과 옷은 욕실 밖에 준비되어 있으니 정리가 다되면 나오렴. 난 널 만났다고 민철이에게 연락해야겠다."

정말 아무것도 못 봤다는 듯 말하곤 아예 방을 나가는—욕실은 방 안에서 다 보였다.— 김철의 모습에 왠지 진심임이 느껴졌고 꽤 괜찮은 오빠라는 생각이 들었다.

하지만 따뜻한 물로 샤워를 마치고 준비해 둔 속옷을 입던 김민주의 얼굴은 딱딱하게 굳었다.

브라와 팬티가 자신이 산 듯이 한 치수도 틀리지도 않고 정확하게 맞았기 때문이었다.

*   *   *

추석 연휴 동안 해외여행을 갔던 돌핀파의 보스인 석판식은 논현동과 혜화동의 영업소가 깨졌다는 소식에 가장 빠른 비행기를 타고 서울로 돌아왔다.

"오셨습니까, 회장님."

그의 심기가 불편하다는 걸 아는지 조직의 2인자이자 부사장인 백동춘은 별다른 수식어 없이 간단한 인사만을 한 후 옆에 붙어 따라왔다.

사무실로 들어가자마자 석판식은 소파에 앉아 담뱃불을 붙였고 길게 한 모금을 빤 후 입을 열었다.

"보고해."

"어제 오후 5시 40분 경 논현동 영영소가 습격을 받았고, 6시 25분경 혜화동 영업소가 습격을 받았습니다. 저희가 손을 쓰기도 전에 경찰에 신고가 접수되어 사건 현장엔 들어갈 수가 없었습니다. 하지만 정보원에 의하면 관리하던 조직원 14명이 모두 죽었고, 현재는 광역수사대가 사건 현장을 조사하고 있답니다."

쾅!

백동춘의 말을 듣고 있던 석판식은 화가 머리끝까지 솟아 테이블을 내려쳤다.

"씨발! 대체 어떤 새끼들이야?"

영업소가 박살 난 거야 다시 만들면 되는 일이었지만 서른 명의 조직원 중에 14명을 잃게 된 것은 큰 손실이었다.

"그게… 조직은 아니고, 단 1명이 벌인 일이라는 얘기가 있습니다."

"허~ 단 1명에 의해 2곳이 박살 났다고? 그 말을 나 보고 믿으라는 얘기냐?"

"광수대에서도 그렇게 판단하고 있답니다."

백동춘은 날벼락이 떨어질 것이 두려운지 자신의 의견이 아닌 정보원에게 들은 내용임을 강조했다.

그 덕분인지 석판식은 말을 할 때마다 화를 내긴 했지만 집어던지거나 손을 대진 않았다.

"여자애들 중에 한 명이 없어졌다?"

"예, 혜화동 사건 현장 주변에서 얼굴을 가린 남자가 누군가를 업고 뛰어가는 모습을 봤다는 목격자들이 몇 명 있었답니다. 그래서 광수대에선 여자애를 구하기 위해 온 자가 범인이라는 의견이 지배적입니다."

"여자애들은 어디서 데려왔지?"

"간혹 노름빚 때문에 팔려온 애들도 있지만 대부분이 가출한 애들입니다. 어린 녀석들 중 몇 명이 가출한 애들이 즐겨 찾는 곳에서 여자애들을 꾀어 공급하고 있었습니다."

"어떤 여자애가 사라졌는지 알아냈나?"

"그, 그게 상품이 손상될까봐 약에 취하게 해둔 상태라 누가 누구에겐 받은 건지는……."

"경찰이 알아내기 전에 공급했던 놈들 다 데려와. 그럼 누군지 알 수 있겠지."

"알겠습니다. 한데 잠깐 피해 계시는 것이 낫지 않겠습니까? 경찰이 촉각을 곤두세우고 이번 사건을 파헤치고 있다고 합니다."

"그런 척하는 것뿐이야. 그 일은 내가 알아서 할 테니 놈들이 소문을 듣고 숨기 전에 애들 데리고 가서 당장 데려와."

석판식의 명령은 절대적이었고, 오늘 안에 무슨 일이 있더라도 놈들을 데려와야 했기에 서둘러야 했다.

*　　　*　　　*

종가에서 삼 일 간 머물 계획은 연신 자신의 몸을 훔쳐봤다고 떠들어대는 김민주 때문에 바뀌었다.

물론 그런 얘기를 해서 바뀐 것은 아니었다. 그녀를 급하게 구하다 보니 뒤처리가 부족했고, 그걸 해결하기 위해 차례가 끝나고 점심을 먹자마자 나온 것이다.

용인 곳곳을 돌며 몇 가지 물건을 샀다.

적당한 공영 주차장에 차를 주차하고 지하철을 타고 공원에 있는 곳에 내려 화장실로 들어가 머리를 염색하고 타투를 했다.

그리고 목적지에 와서 선글라스에 스냅백을 쓰고 다소 어두운 골목에 앉아 지나가는 사람들을 쳐다보고 있었다.

"오빠, 오늘 밤 잘 곳이 없어서 그러는데 얘는 어때? 한두 시간 즐기고, 방이랑 밥 먹을 돈만 남겨줘."

한눈에 보아도 앳되어 보이는 여자애 둘이 다가왔고, 그중 한 명이 수작을 걸었다.

상대가 되어주겠다는 여자애의 얼굴을 보니 싫은 기색이 역력했고, 말을 거는 여자를 보는 눈빛은 두려움으로 가득했다.

상황이 대충 짐작이 됐다.

"난 쟤보다 네가 더 마음에 드는데. 네가 간다면 저 애한테 줄 돈보다 세 배는 넉넉하게 줄 수도 있어."

난 손가락 세 개를 들어 흔들었다.

"…미안한데 난 안 돼. 그날이거든."

"난 상관없어. 오히려 안전해서 더 좋아하거든. 싫으면 어쩔
수 없지."

수작을 걸던 여자는 망설이다가 무슨 생각을 했는지 돌연
좋다고 허락을 했다.

"좋아, 해! 대신 돈 먼저 보여줘. 간혹 개털들이 먹튀하는 경
우가 많아서 말이야."

"그야 어렵지 않지."

난 두툼한 지갑을 보여주며 말을 이었다.

"참! 혹시 답답한 모텔 방보다 야외에서 하는 걸 좋아하는데
그건 안 되겠지? 모텔비는 물론 아까 준다는 금액의 두 배로
줄 수 있는데."

"길에서 하자는 건 아닐 테고……."

"옥상도 괜찮고 으슥한 골목도 괜찮고. 찾아보면 적당한 곳
이 있을 텐데. 뭐, 없으면 모텔로 가자."

"내가 적당한 곳을 아는데 그쪽으로 갈래?"

"그래."

여자애 둘이 앞장을 섰다. 난 수작을 걸었던 여자애가 유독
한쪽 방향을 자주 바라보는 것을 모른 척하며 뒤따라갔다.

건설회사가 부도가 나면서 공사가 멈췄는지 꽤나 흉물스러
운 골조가 서 있었고 여자애들은 익숙한 듯 건물 안으로 들어
갔다.

"즐기기엔 딱 좋은 건물이네. 이왕이면 좀 높은 곳으로 가자. 야경을 구경하면서 하자고."

"원한다면."

어두웠지만 주변 건물들의 조명 덕분에 어렵지 않게 8층까지 올라갈 수 있었다.

"시작할까?"

"일단 돈부터 줘."

"불안할 수 있으니 일단 10만 원 줄게."

"됐고. 지갑째 내놔."

"뭐?"

내 반문에 대한 답은 내가 올라왔던 계단 쪽에서 들려왔다.

"씨발! 개좆만 한 새끼가 누구한테 찝쩍대는 거야!"

남자 네 명과 여자 세 명이 버터플라이 나이프와 쇠파이프 따위를 들고 나타났다.

그중 말을 한 이는 귀공자를 연상시킬 만큼 말끔한 용모를 지니고 있었다.

특히 3개의 링 귀걸이, 금발머리, 짙은 눈썹에 누운 석 삼(三)자가 모양으로 폼을 낸 것이 '그가 준 사내의 정보와 정확하게 일치하고 있었다.

게다가 김민주의 스마트폰에서 본 여자도 긴 커터 칼을 들고 서 있었다.

"멀리서 봤을 때 긴가민가했는데……."

여자들이 수작을 걸러 왔을 때 멀리서 힐끔거리는 그를 봤기에 걸려주는 척했을 뿐이었다.

"뭐라는 거야? 저 새끼, 쫄아서 정신이 나간 거냐? 씨발 놈아! 지갑을 순순히 주면 적당히 놀아만 주고 보내줄게. 아니면 오늘 제삿날이라고 생각해라. 캬하하하!"

사내 중 한 명이 쇠파이프로 바닥을 탕탕 두들기며 위협적으로 다가왔고 뒤로 슬금슬금 피하며 그들이 계단 쪽에서 떨어지길 기다렸다.

*　　　　*　　　　*

"지갑을 주면 보내줄 거야?"

"그냥 보내줄 수야 없지. 쟤가 내 여자 친구인데 쟬 희롱한 건 날 희롱한 것이나 다름없어."

"맞아! 하지만 일단 얼마나 있는지 보고 결정할 테니 지갑 이리 내놔."

"지갑이야 얼마든지 줄게. 그러니 그냥 보내줘."

난 지갑을 왼쪽으로 던지고 오른쪽으로 천천히 돌았다. 그들은 도시의 네온사인 불빛에 비치는 돈에 부나방처럼 뛰어들었고 난 계단에서 대여섯 발자국 옆까지 올 수 있었다.

물론 계단 앞에는 남자 두 명과 여자 두 명이 입구를 지키고 있었지만 말이다.

"오! 돈 졸라 많다. 다 현금이야. 저 새끼, 부잣집 도련님 같은데?"

지갑을 주우며 지네들끼리 속닥거리며 킥킥대는 모양새를 보니 얌전히 보내줄 생각은 없는 것 같았다. 얘기가 끝났는지 두목 역할을 하는 귀공자 용모의 남자가 묘한 웃음을 지으며 말했다.

"돈이 많은 친구였네. 내 여자 친구를 희롱한 건 용서해 줄게."

"그럼 그냥 가도 되는 거지?"

"노, 노, 그냥 가면 안 되지. 그럼 그냥 우리가 돈을 뺏은 것처럼 보이잖아. 즐기러 왔으면 즐겨야지. 내 여자 친구는 안 되지만 저기 저 애랑 마음껏 해. 쟤, 저래 봬도 중학생이야."

"별로 하고 싶지 않아. 그냥 갈래."

"큭큭큭! 옵션이 아냐, 명령이지. 하든지 아님 밤새도록 맞든지. 여긴 경찰도 들어오지 않는 곳이거든."

"하는 장면을 찍어 협박을 할 생각이군?"

"에이, 협박이라니? 돈이 풍족한 것 같으니 좀 나눠 쓰자는 거지. 많이도 필요 없어. 오늘 준 돈에 조금만 더 보태서 갖다 준다면 인터넷에 올리는 일은 없을 거야. 할래, 맞을래?"

한손에는 스마트폰을, 다른 한손엔 나이프를 들고 협박하는 모습이 조폭과 다르지 않았다.

"생각만큼 타락해 줘서 고맙다."

조폭을 처리할 때완 달리 미성년이라는 점에서 약간의 망설임이 있었다. 사람은 누구나 실수를 하고 그 실수를 바로잡을 기회를 줘야 하다는 생각 때문이었다.

하지만 그건 나의 착각이었다.

부조리한 사회가, 물질 만능 주의가, 제대로 교육시키지 못한 어른들의 탓이 없다 할 순 없지만 그것이 지금까지 해온 짓을 정당화시킬 순 없었다.

미성년이라는 이유가 죄의 면죄부가 되는 건 말도 안 되는 일이다. 특히나 타인의 인생을 망치거나 생명을 빼앗는 걸 당연시 여기는 인간들이라면 용서라는 단어가 아까울 것이다.

난 결심을 굳혔다.

"저 새끼, 또 혼잣말을 중얼거리네. 할 건지 말 건지 결정해!"

"하지. 너, 이리와."

아까부터 이러지도 저러지도 못한 채 눈치만 보며 오들오들 떨고 있는 여중생을 불렀다.

여중생은 발걸음이 떨어지지 않는지 주춤거렸지만 뒤에서 떠미는 손에 내 쪽으로 왔다.

"제발……."

여중생은 눈물을 흘리며 집중을 해야 들릴 정도로 작은 목소리로 중얼거렸다. 그러나 곧 모든 것 체념한 듯 치마를 걷어 올리려 했다.

"…잘 들어. 지금 이 순간을 잊지 마라. 한 번의 기회를 얻게 되었으니 모쪼록 올바른 선택을 하며 살아가길 바라마."

"……!"

여중생은 의아해하는 표정을 짓다가 목덜미에서 느껴지는 충격에 눈을 부릅떴다. 그리고 곧 기절해 스르르 바닥으로 엎어졌다.

"뭐야! 이년은 왜 갑자기 쓰러져?"

스마트폰을 들고 내가 하려던 행위(?)를 찍으려던 여자 중 한 명이 여중생을 살피기 위해서 다가왔다.

퍼억!

내 발이 여자애의 배에 꽂혔다. ㄱ자로 꺾여 잠시 컥컥대던 여자는 그대로 꼬꾸라졌고, 시시덕거리는 분위기는 싸늘하게 바뀌었다.

난 잔뜩 긴장한 채 무기를 챙기는 놈과 년들을 향해 나지막이 중얼거렸다.

"살아야 하는 이유를 한 가지만 대봐. 내가 들어봐서 이유가 된다면 숨은 붙여줄게."

아까와 달리 비웃음은 없었고, 누가 먼저랄 것도 없이 싸움이 시작했다.

*   *   *

인기 연예인에게 추석은 오히려 더 많은 일을 하는 날이었지만 KC엔터테인먼트 소속 연예인들—계약을 다시 했던—은 딱히 일이 없었기에 전화기만 돌려놓고 회사 전체가 푹 쉬었다.

물론 내가 연휴 동안 쉴 새 없이 바빴던 것처럼 직원들도 바빴을 수도 있지만 말이다.

"아하~ 아… 합! 죄송합니다. 몇 년 만에 고향에 갔더니 친구 놈들이 얼마나 술을 먹이는지……."

이민기 상무는 시원하게 하품을 하다가 눈이 마주치자 얼른 입을 막으며 변명을 했다.

"이해합니다. 특별한 일 없다면 오늘은 여기까지만 하죠. 저도 좀 쉬고 싶네요."

삼 일간 손에 너무 많은 피를 묻혀서인지 어젯밤엔 흥분과 혼란스러운 마음을 가라앉히기 위해 밤새도록 호흡법에만 매달려야 했었다.

"그러십시오. 아! 사장님, 통장 확인해 보십시오. 연기로 번 돈이 입금됐을 겁니다."

"…이미 확인했습니다. 드라마 출연료 1회분 35만 원이더군요."

"빈부의 격차가 심한 곳이죠. 시작은 미약하지만 끝은 창대할 겁니다."

"마구 부려먹을 거라는 소리로 들리는군요?"

"아니라고는 말씀 못 드리겠습니다. 그럼……."

이민기 상무는 대놓고 말했지만 내 스케줄을 잡기 위해 고생하고 있다는 걸 알고 있었기에 투덜댈 수는 없었다.

그가 나간 후 의자를 뒤로 젖히고 잠깐 눈을 붙였다.

똑똑!

"형님! 저 왔어요."

노크 소리와 함께 석두가 들어왔다.

그는 새벽에 서울에 도착해 집에 들르지 않고 바로 여지민에게로 가 학교에 데려다주고 오는 길이었다.

"쯧쯧! 세상이 어떻게 돌아가는 줄도 모르고 삼 일 내내 떡만 친 게 분명하네. 하여간 사람이 이렇게 한결 같기도 힘든데 말이야."

귀찮아서 눈을 뜨지 않았더니 막말 작렬이었다.

가만두면 끝까지 할 걸 알기에 결국 눈을 떴다. 그러나 깊이 잠들어 있다가 깨서 그런지 살짝 늦었고 석두는 다시 말을 뱉었다.

"근처에 누군가 다가만 와도 깨는 분이 음흉하게 자는 척이라니 부끄러운지 아십시오."

"…할 말 있으면 해. 피곤하다."

"어라? 정말 무슨 일 있으셨습니까? 보통 제가 이럴 땐 주먹부터 나오던 분이… 컥! 콜록콜록!"

명절을 가족들과 보내면서 느낀 바가 있었다.

그동안 아끼는 동생인 석두에게 함부로 한 것에 대한 반성이었는데, 그런 생각을 한 내가 바보였다.

"이제 됐냐? 소원이 맞는 거라면 얼마든지 들어주마."

"아, 아닙니다! 한데 돌핀파가 괴멸 당했다는 소문 들으셨습니까?"

석두는 화제를 돌렸고 난 알면서도 그의 의도대로 당해주었다.

"전혀. 돌핀파가 괴멸을 당해?"

"천안에서 어젯밤에 상수랑 애들이랑 한잔하고… 결코 제가 연락을 먼저 한 게 아닙니다! 애들한테 연락이 와서 어쩔 수 없이……."

"괜찮으니까 딴소리 말고 얘기나 계속해."

손을 씻었으면 천안 조직과의 관계를 확실히 끊길 바랐지만 그건 내 생각일 뿐이었다. 석두의 경우 천안에 가족과 같은 육아원이 있으니 아무래도 완전히 끊기는 힘들었으리라.

"헤헤헤… 예, 과거 얘기를 하며 한잔하고 있는데, 갑자기 청량리 맘모스파에서 연락이 왔습니다. 애들 좀 지원해 달라고 말이죠."

"…돌핀파의 영역을 차지할 생각이군."

이름 난 조직이 사라지고 나면 으레 있는 일이었다. 또한 타 조직에 밀리지 않기 위해, 자신들의 정식 조직원들을 잃지 않기 위해 지방의 조폭들에게 도움을 청하기도 했다.

"당연히 거절했겠지?"

"저도 그럴 줄 알았는데 상수가 허락하더라고요."

허락했다는 소리에 순간 인상을 찌푸렸지만 내 것이 아니라고 생각에 곧 인상을 풀었다.

이제 상수파가 된 과거의 내 조직은 천안에서 충분히 먹고살 만했다. 그래서 굳이 몇 푼 먹자고 조직원을 희생할 이유는 없었다.

내 마음을 알았는지 석두는 설명을 덧붙였다.

"제가 굳이 그래야 할 이유가 있냐고 물었더니 상수 왈(曰) 내건 조건이 너무 마음에 든다고 하더라고요."

"무슨 조건이길래?"

"혜화동에 있는 건물을 하나 주기로 했답니다. 그 건물을 형님께 선물로 드리고 싶다고 하더군요."

"미친놈! 고작 그딴 걸로 애들을 희생시키겠다고?"

"애들도 상수가 좋은 생각을 했다고 좋아하던데요."

"쯧! 정신 나간 놈들… 누가 선물 따위를 바라고 조직을 물려준 줄 알아? 하긴 이젠 인연을 끊었으니 어디서 칼 맞아 뒈지든 내가 상관할 바는 아니지."

"형님도, 참……."

더 이상 듣기 싫다는 듯 다시 의자를 젖히고 눈을 감아버렸다.

세 번의 다른 삶과 염의 삶, 네 번의 기억이 합쳐지면서 난 참 괴상한 성격이 되었다.

깡패일 때의 폭력성, 전신마비 환자일 때의 편협함, 반신 불구일 때의 냉철함, 염일 때의 비인간적인 면모를 모두 가지고 있었고, 내 것에 대한 집착이 꽤나 강했다.

입으로는 연신 조직과 인연을 끊었다고 하면서도 못마땅한 행동에 화를 내는 이유도 그 때문일 것이다.

내 기분을 아는지 분위기 때문인지 석두는 한참 후에야 혼잣말처럼 말을 했다.

"요즘 애들 하는 거 보면 우리보다 더하면 더 했지, 덜하지는 않는 것 같아요. 폭행, 절도 어라? 거기에 인신매매에 성매매까지… 기가 차네요. 근데 얘들 누가 이렇게 만든 걸까요? 둘은 폐건물에서 떨어져 죽었고, 나머지 애들은 척추가 아작 나 버렸네요. 헐, 무자비한 놈! 이제 갓 피어나는 여자애들까지……."

"…누구한테 설명하는 거냐?"

"설명이 아니라 스마트폰으로 뉴스 보면서 소리 나게 읽은 것뿐입니다."

"시끄러. 정신 사납게 하지 말고 더 이상 할 말 없으면 나가. 그리고 잘못에 남녀노소가 어디 있어? 걔네들한테 피해를 입은 애들이 몇 명일 줄 알아? 수십 명이 넘어, 이 자식아."

"어? 그런 얘기는 기사에 없는데요? 형님이 그걸 어떻게 아셨습니까?"

아차 싶었다. 빌어먹을 녀석 때문에 순간적으로 판단을 못한
것이다.

"…잘 찾아봐. 자세히 나와 있는 기사가 아까는 있었단 말이
야."

"네네. 그렇겠죠."

"스마트폰 줘봐. 내가 찾아줄게."

"에이~ 됐습니다. 있었겠죠. 전 연에 뉴스나 볼 테니 형님은
계속 쉬십시오."

"……"

나의 가장 큰 실수는 석훈이의 별명을 석두라고 지은 것이
아닐까 싶다. 그 이름 때문인지 몰라도 자꾸 녀석을 우습게 보
는 경향이 있는데, 사실은 능구렁이가 따로 없었다.

"하고 싶은 말 있음 해. 이번에도 말 안 하면 절대 안 들어줄
테니 그리 알아."

석두가 나에 대해 잘 알듯이 나도 석두에 대해선 잘 알았다.
하는 양이 할 말이 있어 보였고 무얼 말할지 어느 정도 짐작이
됐다.

"눈치채셨습니까?"

"내가 널 모르겠냐? 혹시 애들이 걱정돼서 그러냐?"

"아무래도 형님과 제가 빠지지 않았습니까. 상수가 직접 나
서기엔 모양새가 나지 않아 애들만 보낸다고 했는데 혹시 맘모
스파 애들한테 얕잡아 보일 것 같아서……."

"언제까지 뒤를 봐줄 수만은 없다. 어찌되었건 이제 애들 몫

이야."

"나설 생각은 없습니다. 그저 지켜만 볼 생각입니다."

석두의 마음을 알기에 허락할 수밖에 없었다.

"그럼 그렇게 해라."

"고맙습니다, 형님. 그래서 하는 말인데 여지민 좀 부탁드리 겠습니다."

"알았다. 하교하면 학원으로 데려다 주면 되지?"

한 명뿐인 연습생 여지민을 위해 선생을 고용하는 것은 낭비 였기에 학원을 다니고 있었다.

"오늘 수업은 3시에 끝난다고 했으니 2시 30분까지 학교로 가시면 될 겁니다. 그럼, 쉬세요."

내가 알았다고 고개를 끄덕이자 석두는 자리에서 일어나 밖 으로 나가려 했다.

난 잠깐 고민을 하다가 석두를 불러 세웠다.

"혹시나 오늘 혜화동 일대를 넘볼 생각이라면 며칠 동안은 움직이지 말라고 해라."

"왜요? 맘모스파는 오늘 밤에 당장 움직일 생각을 하던데요."

"그럼 아마 내일 아침은 경찰청에서 먹게 될 거다."

"…뭔가 아시는 게 있으시군요?"

"돌핀파가 괴멸된 이유에 대해 들은 얘기가 있다."

"자세히 말씀해주십시오."

나가려던 석두는 다시 돌아와 앉았고, 난 마치 누군가에게 들은 것처럼 설명을 했다.

"…돌핀파는 두 군데 사업장을 박살 낸 범인이 사라진 한 명의 여자들과 관련된 자라고 생각하게 되었고 곧 여자를 공급했던 이들을 잡아들인 거야."

"아! 그럼 아까 그 고등학생들 기사가……."

"그래, 그 일과 관련이 있을 가능성이 커. 게다가 돌핀파 두목마저 죽어 버렸으니 지금쯤 경찰은 촉각을 잔뜩 곤두세우고 있을게 뻔해. 근데 그런 상황에서 그 지역을 먹겠다고 조폭들이 얼씬거리면 어떻게 되겠냐?"

"…옴팡 뒤집어쓰겠죠?"

"맞아, 범인으로 몰릴 수도 있어. 그러니 가급적 욕심내지 말고 그냥 내려가라고 해."

"이 바닥에서 약속을 했다가 거부하면 겁쟁이로 찍히는 거 아시잖습니까. 그건 힘들 겁니다."

"그렇다면 방법은 하나뿐이야. 맘모스파를 설득해서 입성을 최대한 늦춰. 그것도 안 되면 맘모스파를 먼저 밀어 넣고."

"일단 설득해 보겠습니다. 건물 하나 먹자고 하다가 조직 전체가 위험해질 수 있으니까요."

여기까지였다.

이제부터는 상수가 결정할 일이었다.

혹시 있을지 모를 위험을 없애려고 돌핀파의 두목마저 없애 버린 나로서는 이것이 해줄 수 있는 최대였다.

난 무적이 아니었다.

일대일이라면, 혹은 많더라도 고만고만한 실력을 가지고 있다면 자신이 있었지만 총을 든 자가 두 명만 되어도, 무기를 든 조폭들에게 둘러싸여도 목숨을 걸어야 했다.

그리고 이번에 돌핀파의 두목을 처치하기 위해 잠입했다가 내 한계에 대해서 정확하게 알게 되었다.

"조심히 다녀와라. 넌 더 이상 깡패가 아니라는 거 잊지 말고. 난 쉬어야겠다."

고개를 꾸벅 숙이는 석두를 향해 손짓으로 나가라고 한 후, 이번에는 제대로 잘 수 있기를 바라며 눈을 감았다.

제4장

묘한 느낌, 그리고…

잠깐 잔다는 것이 너무 깊이 잠들었다.

전화를 받고 잠에서 깼을 땐 2시였고, 직원들 중 한가한 사람은 아무도 없었다. 어쩔 수 없이 재빨리 차를 타고 여지민이 다니는 예술 고등학교에 도착했을 땐 3시 10분이었다.

교문에서 조금 떨어진 곳에 주차를 하고 여지민을 찾기 위해 두리번거려 보았지만 다들 비슷해서 찾기가 힘들었다.

'쩝! 교복이냐, 미니스커트냐?'

교복을 줄여도 너무 줄여 눈을 오래 두기 민망했다. 그때 팔을 툭툭 치며 말을 걸어오는 여학생이 있었다.

"사장님?"

"아, 지민이구나. 이렇게 교복 입고 있으니 전혀 못 알아보겠다."

"매니저님은 어떻게 하시고……?"

"석두, 아니, 석훈이가 바빠서 내가 대신 왔다. 타라. 여기 더서 있다간 학생들 눈빛에 녹아내리겠다."

학생들의 시선을 피해 차에 올랐고 바로 학원으로 차를 출발시켰다.

"학교생활은 할 만해?"

"…네네."

"너무 긴장하지 않아도 돼. 진짜 가족은 아니지만 가족과 같이 편안한 회사를 만드는 게 내 목표거든. 지난번 재계약 일로 믿기는 힘들겠지만 말이야."

재계약을 하지 않은 연기자들이 행패를 부리는 일은 없었지만 간혹 찾아와 불만을 터뜨리는 경우가 있었다. 별것 아니지만 회사 분위기에 아주 영향이 없진 않았다. 전염병처럼 자신들도 언제든지 그렇게 될 수 있다는 분위기를 확산시킨다고나 할까.

"믿어요! 사장님께서는 제 은인이신 걸요. 그런데 제가 사장님을 믿지 않으면 누굴 믿겠어요."

자신의 말이 진심임을 말해주려는 듯 간절하면서도 심각한 얼굴을 한 채 말하는 여지민을 보니 안쓰러운 마음이 들었다.

아마 여지민의 기억을 알고 있는데서 오는 연민 같은 것이리라.

"그래, 그래. 가볍게 한 말에 그리 정색할 필요는 없다. 다른 힘든 건 없고?"

"없어요. 학교생활도 재미있고, 연기 수업과 음악 수업도 즐거워요. 다만… 중국어는 조금 어려워요."

"지금도 그렇지만 중국 시장은 더욱 커질 거야. 너도 데뷔를 하고 반응을 봐서 중국 시장에 진출해야 하니 연기 수업과 춤추는 시간을 줄여서라도 중국어에 조금 더 신경 쓰렴."

"네, 한데 사장님, 혹시… 아, 아무것도 아니에요."

뭔가를 물으려다 마는 여지민. 난 여지민이 뭘 물으려고 했는지 알 것 같았다.

"언제 데뷔할 지 궁금해?"

"…네. 하지만 제 스스로도 그게 얼마나 웃긴 얘긴 줄 잘 알아요. 연습생이 된지는 고작 1년도 되지 않았고 음악에 대해 공부한 건 한 달밖에 되지 않는데 데뷔를 얘기한다는 것 자체가 말도 안 되죠. 헤헤!"

"글쎄, 난 널 내년쯤 데뷔시키려고 생각하고 있었다. 학교생활도 하고 교육을 받아 좀 더 정신적으로 성숙한 후에나 말이지."

과거를 바꾸기 전의 여지민은 올 11월에 데뷔를 하는 것으로 되어 있었지만 난 조금 미뤄 내년쯤 데뷔를 시킬 생각을 하고 있었다.

"내, 내년에요?"

"응. 왜, 더 빨리 하고 싶냐?"

"아, 아니에요. 내, 내년에 할 수 있다면 더 이상 바랄 것이 없죠."

내년에 데뷔를 한다는 말에 여지민은 잔뜩 상기된 얼굴이 되었다.

"하, 한데 제가 과연 내년에 데뷔를 할 수 있을까요? 아직 부족한 것이 너무 많은데요."

"글쎄, 내가 장담하는데 넌 굉장한 스타가 될 거야. 내 눈은 틀린 적이 없거든."

"감사합니다, 사장님! 열심히 할게요!"

"좋아. 그런 의미에서 한 곡 불러봐."

"여기서요?"

"카 오디오를 대신한다고 생각해."

여지민은 목을 가다듬은 다음 요즘 인기를 끌고 있는 발라드를 부르기 시작했다.

저음에서 고음까지 어렵지 않게 소화했고, 다소 특이한 음색이 같은 노래임에도 다른 노래처럼 만들었다.

"이번엔 네가 작곡한 곡으로 불러봐."

"그걸 어떻게……?"

"아……! 서, 석훈이한테 들었어. 네가 듣지도 못하는 노래를 웅얼거린다고. 그래서 혹시 작곡하는 것이 아닌가 했지."

석두를 상대하다 변명하는 것이 늘었는지 빠르게 그럴싸한 얘기를 만들어냈고 여지민은 갸웃거리면서도 이해를 하는 듯 보였다.

"그러셨구나. 한데 그저 연습 삼아 집에서 끼적거리는 것뿐인데……."

"상관없어. 해봐."

"흠흠! 어설프더라도 이해해 주세요."

읊조리듯이 시작된 노래는 어떤 악기의 도움 없이도 사람의 마음을 자극했고, 중반을 거쳐 후반으로 갈수록 격정적으로 만드는 힘이 있었다.

그리고 클라이맥스에 이르렀을 때 네 머릿속에 숨겨져 있던 기억이 '팝!' 하고 떠올랐다.

'아! 이 노래! 드라마 OST로 쓰였었어!'

3류 소속사 출신의 여지민이 스타가 될 수 있었던 이유는 바로 40퍼센트가 넘는 시청률을 기록한 드라마 때문이었다. 그 이후로 승승장구하게 되었고, 내는 노래마다 빅 히트를 치게 된 것이었다.

'서둘러야겠군. 탄탄대로를 두고 힘든 길을 갈 필요는 없지.'

"너무 허접하죠?"

말은 스스로를 비하하고 있었지만 표정은 어서 좋은 심사평을 달라고 말하고 있었다.

난 기꺼이 좋은 심사평을 들려줬다.

"아니. 당장 앨범을 만들고 싶을 만큼 너무 좋아."

"정말이요? 음악 선생님께 조금 들려드렸더니 너무 감정이 많다고 하셨어요."

"네 나이엔 감정에 솔직한 것이 더 예뻐 보이는 거야. 절제는 좀 더 나이가 들어서 해도 충분해. 방금 곡 말고 몇 곡이나 더 만들었어?"

"열 곡 정도 될 거예요."

"앨범을 만들기엔 충분하네. 일단은 방금 곡을 포함해서 세 곡 정도로 미니앨범을 만들어보자."

"내년에 데뷔시키신다고 하셨잖아요?"

"노래를 듣고 마음이 바뀌었어. 11월까지 앨범을 내도록 하자고."

날짜까지 정해졌지만 말하지 않았다.

미래가 변덕을 부릴지도 모르니 최대한 조용히 진행하는 것이 좋았다.

*   *   *

사촌 동생인 김민주의 일을 처리하면서 이상한 일이 일어났다.

논현동을 습격해서 염의 에너지를 거의 채운 상황에 서 혜화동을 갔는데 그때부터 전혀 에너지가 차오르지 않았다. 폐건물에서도, 심지어 돌핀파를 습격했을 때도 단 일주일치도 늘어나지 않은 것이다.

논현동에서 죽은 이들만 죄가 있고, 다른 곳에서 죽은 이들은 죄가 전혀 없었을까?

아니다!

이런 현상에 대해서 난 이미 경험이 있었기에 확신할 수 있었다. 바로 어느 시점의 내가 적어도 한 번 이상은 나보다 먼저 이 일을 했다는 것이었다.

'시간여행을 할 수 있다는 것이 이런 점에서는 짜증스럽군.'

머리를 절레절레 흔들어 생각을 털어냈다.

염의 에너지는 10일 정도만 지나면 다 찼을 것이 분명했고 그때부터는 일이 잘못됐을 때 바로 잡을 수 있다는 생각에서였다.

때마침 전화가 왔다.

—술 마시고 있는데 네 얘기가 나와 연락했다. 여기 이태원인데 한잔하게 나와라.

희희낙락 야구단에서 알게 된 동갑내기인 손지혁의 전화를 받고 잠깐 고민을 하던 난 콜택시를 불러 그가 말한 장소로 향했다.

평소라면 이미 씻고 누워 있었기에 거절을 했겠지만 미래의 메시지에 대해 고민을 해서인지 모든 상황에 충실해야 한다는 생각이 움직이게 만든 것이다.

좁은 편도 1차선 도로를 사이에 두고 아기자기한 예쁜 건물이 있는 경리단길은 밤이 되면서 더욱 화려해져 사람들로 북적이고 있었다.

모자와 선글라스로 얼굴을 가리는 것이 더 이상할 것 같다는 생각에 선글라스는 벗고 택시에서 내렸다.

술집 안으로 들어가자 시끌벅적한 소리와 함께 뿌연 담배 냄새가 먼저 반겼다.

"여어! 어서와."

술집에 하나밖에 없는 룸으로 들어가자 다섯 명의 남녀가 있었고 손지혁이 자리에서 일어나 반겨줬다.

"야구 선수인 주경훈 형, 모델 출신인 후지 료사쿠 형, 이 아름다운 여성 분은 한때 유명 아이돌이었던 체리 누나."

"한때 아이돌이라니, 이게!"

"하하하! 틀린 말은 아니잖아. 그리고 얜 대한민국 남자들의 사랑을 독차지 하고 있는 최정연."

"반갑습니다. 김철입니다."

야구 선수인 주경훈을 빼고는 TV에서 한 번씩은 본 얼굴들이었다.

특히 최정연의 경우 손지혁의 소개가 부족하게 느껴질 정도로 유명한 여배우였다.

비슷한 또래에 술을 마시면서 공통된 주제를 가지고 얘기를 하다 보니 사람들과 금세 친해졌고 말을 틀 수 있었다. 그리고 모두들 새로 온 사람에 대한 배려인지 나에게 자주 말을 걸어 주었다.

'주경훈은 최정연을, 료사쿠는 체리에게 관심이 있나 보네.'

심리학을 배우진 않았지만 두 남자의 행동과 말투에서 어렴풋이 알 수 있었다. 그래서 난 말을 아끼며 두 사람의 구애(?)를 방해하지 않으려 했다.

그러나 화기애애한 분위기는 1차를 끝내고, 2차로 가라오케를 가면서부터 조금씩 틀어지기 시작했다.

문제는 ㄷ자형 의자였다.

료사쿠와 체리가 좌측, 주경훈과 최정연이 가운데, 손지혁과 내가 우측에 앉을 생각이었는데 자리를 잡다 보니 최정연과 내가 우측에 앉게 되어버린 것이다.

이때까지는 그나마 괜찮았다. 노래를 부르다 보면 자리가 바뀌게 마련이고 그러다 보면 자연스럽게 자리 배치가 이루어질 것이라 생각했다. 그러나 당사자가 피한다면 아무 소용없는 짓이었다.

'주경훈의 대시를 떨쳐내기 위해 내 쪽으로 붙는 걸까?' 하는 의문이 들 정도로 최정연은 내 옆자리를 고집했고, 그럴수록 주경훈이 나에게 보내는 적의는 커져 갔다.

자리가 불편해졌다.

아예 떠날 생각으로 자리에서 일어나려는 순간 최정연이 내 손을 잡으며 귓속말로 중얼거렸다.

"난 너랑 얘기하고 싶어."

"……"

난 최정연을 바라보며 잠깐 고민을 하다가 일어서는 걸 포기하고 최정연에게 들릴 정도로 중얼거렸다.

"경훈이 형과 아무 관계도 아니라면."

"관계가 있다면?"

"그냥 갈래. 과거의 기억 때문인지 몰라도 끼어들기나 인터셉트는 내 취향이 아니거든."

"용기가 없는 건 아니고?"

"훗! 솔직히 너와 얘기할 찬스를 버리려고 하는 지금만큼 용기 있는 행동이 있을까?"

"풉! 꿀 바른 돌멩이라더니. 그 말이 틀리지 않네."

"꿀 바른 돌멩이?"

손지혁이 날 그렇게 표현했을 리는 없었다.

"그 얘긴 나중에 하고 일단 아까 물음에 대해 말해 줄게. 경훈이 오빠랑은 아무 관계도 아냐. 얼마 전에 우연히 만났고, 그 때부터 그냥 조금 친한 오빠동생 사이로 지내고 있을 뿐이야. 물론 경훈 오빠가 나에게 호감을 가지고 있는 것 같지만 내 스타일은 절대 아냐."

사귀자는 것도 아니고 그저 대화를 하자는데 더 이상 고민을 하는 것도 웃겼다.

"아까 하는 말을 들어 보니 꽤나 나쁜 일을 당했던 것 같은데 무슨 일이 있었던 거야?"

"별거 아냐. 사랑에 배신당하는 거 누구나 살다 보면 한 번쯤 겪는 일이잖아?"

"글쎄, 난 그런 기억이 없는데?"

"네네~ 배신을 당하지는 않았지만 한 기억은 있을 것 같은데?"

"배신한 기억도 없어. 지금까지 정식으로 사귀어 본 적은 한 번밖에 없었고 좋게 헤어졌었거든."

"어떤 사람이었어?"

"그게… 어쭈! 말 돌리는 솜씨가 장난이 아니네."

"하하! 눈치챘냐?"

"당연하지. 호호호! 듣고 싶다면 너 먼저 말을 해. 들어보고 내 얘기도 해줄게."

우린 자연스럽게 얘기를 시작했고 금세 시시덕거리며 즐거워했다. 그러나 주경훈의 눈에는 먼저 찜했는데 듣보잡이 나타나 가로챈 것처럼 보였을 것이다.

"지혁이가 그러던데 너, 격투기 선수를 이겼다면서?"

술을 급하게 마셔 눈이 살짝 풀린 주경훈이 비꼬듯이 물었고 사람들의 시선이 일제히 나를 향했다.

"운이 좋았어요. 럭키 펀치가 들어갔다고나 할까요."

최정연이 나와 얘기를 하고 싶어 해서 잠깐 얘기를 한 것뿐이라고 변명하기도 구차했기에 난 회피를 선택했다.

　"아무리 운이라고 해도 힘이 어느 정도 있어야 가능한 법이지. 출동 드림단에서 보니까 다리 힘이 엄청 좋던데 나랑 다리씨름 한 판 어때?"

　감정이 앞선다고 하지만 이성을 완전히 잃은 것은 아닌지 주경훈은 다리씨름을 제안했다.

　최정연에게 자신을 어필하고 우리 둘이 시시덕거리는 걸 방해하기 위한 나름대로의 작전이리라.

　"그럴까요?"

　"그냥 하면 재미없으니까 술값 내기 어때?"

　"콜!"

　난 일부러 호기롭게 답하며 허벅지를 몇 번 쳤다. 그러나 단전의 힘을 쓸 생각이 없었기에 결과는 정해져 있었다.

　"철이, 넌 운동 좀 더 열심히 해야겠다. 남자는 허벅지라는 말이 있잖아. 푸하하핫핫!"

　결과는 역시나였다. 어느 정도 버티기는 했지만 벌리기든 좁히기든 상대가 되지 못했다.

　"내가 다리씨름에서 저본 적이 없다니까. 핫핫핫!"

　'어필을 해도 참……'

　연신 자신의 허벅지에 대해 어필하는 모습에 쓴웃음이 나왔다.

　물론 허벅지 근육과 정력은 상당한 상관관계를 가지고 있었다. 허벅지의 근육은 간보다 에너지를 더 많이 저장하고 에너지의 지속력을 증가시키는 것은 물론이고 혈류량이 늘어나면서 생식기에도 영향을 미친다.

"자자! 한 잔씩 하자! 핫핫핫핫!"

다리씨름 한 번으로 기분이 풀렸는지 세상을 다가진 듯 웃는 모습을 보니 다소 울컥했다. 하지만 이미 지난 일, 적당히 그의 잘난 척에 맞장구를 쳐주며 그의 기분을 맞춰줬다.

"니가 이해해라. 저 형이 좀 유치한 구석은 있어도 사람은 꽤 좋아."

소변을 누고 있는데 손지혁이 옆에 와서 한 자리를 차지하며 말했다.

"그러냐? 근데 조금 민망하더라. 은근하게 하는 것도 아니고 대놓고 정력을 자랑하다니… 쩝!"

"하하! 소문 때문에 그런 건데, 번지수를 잘못 잡은 거지."

"무슨 소문?"

"정연이에 대한 소문 못 들어봤어?"

"전혀."

손지혁은 지퍼를 올리며 화장실을 두리번거렸고, 아무도 없다는 걸 확인하자 조용히 귓속말로 말을 했다.

"섹스 중독자라는 소문이 있어. 그 때문에 경훈이 형이 자신의 성적인 능력을 강조한 거야."

청순한 배역을 주로 맡은 그녀.

그러나 TV로 비춰지는 것과 현실은 다를 수 있었기에 놀랍지는 않았다.

"근데 아니다?"

"응, 내가 정연이를 1년 정도 보고 느낀 바에 의하면 삽질이야. 남자를 자주 바꾸는 건 사실이긴 한데, 쉬운 애가 아니거든. 사실 나도 소문 듣고 대시를 한 적이 있었는데 단번에 거절당했어. 지금 생각해보면 쪽팔린 짓이었지."

시각적으로 성적인 충동을 느끼는 남자들은 여성의 직업—가령 레이싱모델, 누드모델, AV배우 등—이나 옷차림, 소문으로 하룻밤을 보내기 쉬운 여자라고 판단하는 경향이 있다. 물론 그런 경우도 있겠지만 대부분 착각이었다.

"그렇구나."

"반응이 어째 뜨뜻미지근하다?"

"나 보고 대시라도 해보라는 거냐? 됐다. 난 얼굴 보고, 친구가 된 거로 만족할래."

모든 이성을 여자로 볼 이유는 없었다.

"정연이가 널 보고 싶어 했어. 그래서 부른 거고."

"…솔깃한 말이지만 책임질 거 아니면 괜한 기대감을 심어주지 마라."

최근 저녁호흡법을 잊지 않고 꼬박꼬박하고 있지만 20년간 어긋났던 음양의 차이가 단번에 고쳐질리 만무했다. 쓸데없이 기대했다가 흥분이라도 하게 되면 나만 괴로울 뿐이었다.

"하긴 그동안 여러 명 불렀지만 아무 일이 없긴 했지. 그래도 친해지면 괜찮을 거야. 집이 부자라 간혹 파티를 할 때는 꽤 재미있거든."

"나가자. 남자 둘이 화장실에 오래 있어 봐야 좋을 거 없다."

"큭큭큭! 그런 오해는 나도 싫다. 가자."

밖으로 나가자 화장실에 있는 동안 술자리를 끝냈는지 모두 나와 있었다.

계산하기를 기다리는 것이라 생각하고 카드를 꺼냈지만 최정연이 이미 계산을 끝낸 후였다.

"내가 사기로 했는데… 어쨌든 잘 마셨다."

"됐어. 처음부터 내가 살 생각이었는데 뭐. 그 돈으로 허벅지 운동이나 열심히 해. 호호호!"

허벅지를 툭하고 치고 가라오케 밖으로 나가는 그녀 덕분에 사람들은 웃음을 터뜨렸고 난 농담이라는 걸 알기에 웃으며 뒤따랐다.

가게 앞에는 연예인 차라고 불리는 고급스러운 밴이 서 있었는데 최정연이 다가가자 매니저가 문을 열어주는 것이 그녀의 차라는 걸 알 수 있었다.

"오늘 즐거웠어요. 모두들 다음에 봐요. 너도 다음에 보자."

"그래, 다음엔 내가 살게."

최정연이 쿨하게 모두에게 작별을 고한 다음 나와 악수를 한 후 차를 타고 떠났다.

타깃이 떠나자 더 이상 술자리에 관심은 없다는 듯 주경훈이 대리를 불러 떠났고, 이어 료사쿠와 체리도 가버렸다.

나와 손지혁만 덩그러니 남은 상황.

손지혁은 뭔가 아쉬운지 클럽을 갈 것을 제안했지만 난 거절했다.

"오늘은 그냥 가야겠다."

"어쩔 수 없지. 난 좀 더 놀다가 들어가야겠다. 왠지 오늘은 몸이 근질거리네. 야구장에서 보자."

"하하! 적당히 놀고 조심히 들어가. 오늘 불러줘서 고마웠어."

손지혁과 헤어진 난 바로 택시를 잡았다.

"어디로 모실까요?"

내가 목적지를 말하지 않자 택시 기사가 백미러를 보며 물었다.

"일단 출발해 주세요."

난 최정연과 악수를 한 후로 쥐고 있던 손을 폈다. 거기엔 작은 전자키와 함께 쪽지가 있었는데 '한 잔 더 할까?'라는 글 밑에 주소가 적혀 있었다.

정말 술만 먹자고 준 쪽지는 아닐 터. 아까 손지혁에 들었든 말이 생각났다.

'매력적인 유혹이군.'

솔직히 최정연과의 하룻밤을 거절할 용기가 없었다.

"청담동 XX빌라로 가주세요."

벌써부터 제멋대로 흥분을 하고 있는 몸을 진정시키며 쪽지에 적힌 주소를 택시 기사에게 말했다.

"웬만한 도둑은 근처도 못 오겠군."

최정연이 살고 있는 빌라는 철옹성처럼 여러 개의 방범시설로 둘러싸여 있었다.

구석구석 있는 CCTV는 기본이고 입구부터 확인 절차를 거쳐야만 출입이 가능했다. 또한 개별적으로 되어 있는 집 입구엔 전자키나 확인된 사람만 들어갈 수 있었고, 그곳을 통과한다고 해도 엘리베이터와 집 안으로 들어갈 때도 보안장치를 거쳐야 했기에 사실상 침범이 불가능한 곳이었다.

빌라 근처에서 내려 천천히 동네를 돌다가 와서인지 최정연은 편안한 옷으로 갈아입고 문을 열어줬다.

"어서 와. 늦기에 안 오나 했는데."

"도착은 일찍 했는데 동네 한 바퀴 돌고 왔어."

"준비 시간을 준 거야?"

"스스로 마음의 준비를 한 거지."

"훗! 그래서 준비는 완료했어?"

의미심장한 말을 주고받으며 안으로 들어갔다.

거실엔 최정연의 사진이 몇 장 붙어 있었지만 과하지 않았고 전체적으로 깔끔한 느낌을 줬다.

"와인? 아님 양주?"

"아무거나 괜찮아. 도와줄까?"

"아니. 금방 되니까 소파에 앉아 있어."

난 소파로 가는 대신 인테리어처럼 꾸며놓은 사진들을 구경했다.

부모님인 듯 보이는 중년의 남녀와 찍은 사진, 유명 연예인들과 찍은 사진, 화보처럼 찍은 사진, 어린 시절 사진까지.

"……!"

문득 하나의 사진을 보던 난 걸음을 멈추고 눈을 좁히며 시선을 집중시켰다.

'류성은의 얼굴을 여기서 볼 줄이야…….'

류성은과 최정연은 친구 사이인지 서로의 허리에 손을 두른 채 환하게 웃고 있었다.

알 수 없는 전율이 척추를 타고 내렸다.

한때 결혼을 했을 수도 있었다는 것 때문은 아니었다. 뭔지 모르지만 그녀와 운명처럼 엮여 있는 듯한 느낌을 받았다.

설명할 수 없는 묘한 느낌은 뒤에서 들려오는 최정연의 목소리에 깨졌다.

"아는 얼굴이야?

"…아니, 어디선가 본 듯한 얼굴이라."

"그럴 수도 있겠네. 간혹 잡지에 나오니까. 하지만 연예인은 아냐."

"그럼?"

"내 친구야. 왜? 마음에 들어?"

"글쎄, 난 옆에 있는 여자가 마음에 드는데."

최정연 앞에서 류성은에 관해 얘기를 계속해 봐야 좋을 것이 없었기에 화제를 돌렸다.

"듣던 대로 낯 뜨거운 소리도 잘하네. 준비됐으니까 이리와."

어느새 거실 테이블엔 와인에 이름 모르는 치즈와 연어 샐러드가 준비되어 있었다.

"아까 전에 꿀 바른 돌멩이도 그렇고… 혹시 나에 대해 누구한테 들은 말이라도 있어?"

건배를 하고 와인을 한 모금 마신 후 물었다.

"응. 하지만 누구인지 말해줄 수 없어."

손발이 오그라드는 별명으로 날 부르고 최정연의 말투와 어감을 봐서는 여자가 말해준 것이 분명했다. 그리고 서울에 와서 만난 여자는 배정은 작가와 송미연 조연출밖에 없었다.

'배정은 작가겠군.'

취향을 보면 최정연과 배정은은 꽤나 비슷했다.

"누구인지는 말해 주지 않아도 돼. 한데 무슨 소리를 들었는지는 궁금하네."

"별것 없어. 한편으론 무척 달콤하면서 다른 한편으로는 무척 냉정하다. 그리고 꽤 정… 열적이라는 거."

"틀린 말은 아니지만. 한데 아는 사람과 밤을 지새웠는데 상관없는 거야?"

"전혀. 넌 그런 거 신경 쓰는 편이야?"

"전혀."

송미연이 새로운 드라마에 투입되면서 바빠져서 나도 새로운 여자가 필요했다.

반쯤 남은 와인을 단숨에 마시자 최정연 또한 잔을 비웠다.

손만 뻗으면 닿을 정도의 거리에서 숨소리마저 느껴질 정도로 가까워졌다.

최정연은 눈을 감으며 입술을 살짝 벌렸고 립밤을 발라 촉촉해 보이는 입술에 내 입술을 포갰다.

서로의 입술을 탐하는 동안 잠시 주춤거리던 손은 조각품처럼 굴곡진 그녀의 몸을 더듬기 시작했다.

*   *   *

속궁합만으로 본다면 최정연과 난 천생연분이었다.

내가 호흡법 때문에 양의 기운이 뻗히는 체질이라면 그녀는 천성적으로 음의 기운이 뻗히는 체질이었고, 덕분에 우리 둘은 만족스러운 밤을 보낼 수 있었다.

그리고 사흘이 지난 어젯밤에 다시 만나 또 한 번 회포를 풀었다.

따악!

상쾌한 타격 소리에 정신을 차린 난 2루와 3루 사이로 빠져나가는 공을 향해 몸을 날렸다.

묵직한 공의 느낌이 글러브에서 느껴지는 것이 잡은 모양이었다.

"나이스 플레이긴 한데 조금 빨리 움직였으면 편안하게 잡을 수 있었을 것 같지 않아?"

"…네."

"자, 10개만 더 집중해서 해보자."

희희낙락 야구단에 정식 가입하고 세 번째 야구 연습. 난 이정기의 말에 머릿속에서 최정연을 털어내고 수비연습에 집중을 했다.

"오케이! 빡세게 연습하면 유격수를 볼 수도 있겠다. 한데 상황별 수비 포메이션과 수비 백업 요령을 숙지하기 전까진 힘드니까 책 하고 사람들 하는 거 잘 보고 배우도록 해."

"알겠습니다!"

난 노크를 해준 일일 코치와 이정기 감독에게 인사를 하고 옷에 잔뜩 묻은 먼지를 털어내며 그라운드에서 벗어나 벤치로 향했다. 잠깐 쉬었다 투구 연습을 할 생각이었다.

"하아~ 시원하다."

얼음물에 든 생수를 꺼내 단숨에 반쯤 마시고 의자에 앉았다. 높고 맑은 가을 하늘과 시원하게 불어오는 바람이 살아 있음을 느끼게 했고 건강함에 절로 감사하게 만들었다.

그림과 같은 풍경을 찬찬히 살피던 난 야구장 철망에서 서성이며 날 바라보고 있는 두 사람을 발견했다. 그리고 그들 중 한 명이 무척 낯이 익다는 걸 알아내곤 자리에서 일어났다.

철망 쪽으로 어느 정도 다가가자 낯익은 이가 누구인지 알 수 있었다.

말썽을 일으켜 야구단에서 쫓겨난 도경환이었다. 그리고 그의 옆에는 그보다 머리 하나는 크고 한눈에 봐도 강해 보이는 사내가 서 있었다.

"복수하러 온 거냐?"

그들이 온 이유를 대충 짐작할 수 있었기에 짜증스러움을 숨기지 않고 도경환에게 물었다. 한데 도경환은 시선을 피했고, 옆에 있는 사내가 대답을 했다.

"이렇게 불쑥 찾아와 미안합니다. 전 이 녀석이 다니는 격투기 도장의 선배인 정희철입니다."

정중한 태도로 대하는 사람에게 함부로 말할 수는 없었다.

"김철입니다. 한데 무슨 일이십니까?"

"용무를 말하기 전에 일단 이 녀석의 사과부터 받으세요. 뭐 해? 사과드려!"

도경환은 주뼛거리다 마지못해 고개를 숙이며 사과를 했다.

"사과는 제가 아닌 저기 있는 사람들에게 해야 할 것 같은데요."

"물론 김철 씨와 얘기가 끝나고 나면 할 겁니다."

"불미스러운 일이었지만 좋게 해결된 것 같아 다행이군요. 하고자 하는 말이 있으면 하십시오."

"사실 이 녀석이 보기엔 이래도 저희 도장에서 꽤나 유망주입니다. 공식 전적 10전 10승 6KO. 비공식적인 경기까지 합쳐도 단 한 번의 패배도 없었습니다. 한데 얼마 전부터 갑자기 도장에 나오질 않고 그만둔다는 소리를 해서 관장님께서 무척이나 당황하셨죠. 그래서 알아봤더니 김철 씨와 싸워서 졌다고 하더군요."

"운이 좋았죠."

"운이든 어쨌든 이 녀석이 패했다는 건 변함없는 사실이니까요. 그래서 부탁을 드리기 위해 왔습니다."

"어떤 부탁인지 모르지만 제가 설득한다고 다시 다닐 것 같진 않은데요?"

"설득이 아니라 시합을 해주십시오."

"네?"

꽤나 황당하면서 기분 나쁜 부탁이었다. 시합을 통해 날 패겠다는 의도가 너무 명백했기 때문이었다.

"정식 시합과 다르게 헤드기어와 함께 높은 파운드의 글러브를 착용할 겁니다. 또한 시합이 위험하다 싶으면 즉각적으로 멈추겠습니다."

"제가 그 부탁을 들어주리라 생각하고 왔습니까? 마치 제 귀엔 시합을 핑계로 절 괴롭히겠다는 소리로밖엔 들리지 않는군요."

"그런 의도는 아닙니다. 김철 씨라면 충분히 상대할 수 있으리라 생각하고……."

"근거는요?"

"그러니까 그게… 왠지 제 느낌이 그랬습니다."

"하아~ 느낌이라고요? 제가 내장 파열에 얼굴이 피떡이 된다고 해도 그런 말이 나올까요?"

그의 말처럼 시합을 해줄 순 있었다. 그러나 귀찮기도 했고, 정희철의 의도가 마음에 들지 않았기에 위험성을 들먹이며 거절했다.

'이제 본색을 드러내겠지.'

착한 사람처럼 굴다가 자신이 바라는 바를 이루지 못할 땐 본색을 드러내게 마련이었다.

"생각해 보니 제 추측만으로 종합격투기 선수와 김철 씨를 붙이려고 했다니 제가 잠시 정신이 나갔나 봅니다. 제가 한 말은 잊어주십시오. 이만 이 녀석 데리고 사과를 하고 떠나도록 하겠습니다."

"……."

나에게 사과를 한 후 도경환의 목덜미를 잡고 단원들이 있는 곳으로 유유히 떠나는 정희철을 보며 난 묘한 느낌을 받았다.

정희철은 정말 순수한 사람이었다.

그의 순수함이 마음에서 나온 것인지, 머리에서 나온 것인지는 알 수 없었지만 도경환과 함께 단원들에게 일일이 사과를 했고, 끝이 나자 미련 없이 야구장을 떠나려했다.

"정희철 씨."

난 떠나려는 그를 불렀다.

"정말 미안합니다. 운동만 하다 보니 생각이 많이 부족했습니다."

날 보자마자 다시 사과하는 모습에 오히려 내가 더 미안해졌
다.

"아닙니다. 당신의 순수한 의도를 의심한 것에 대해 사과드리
겠습니다."

정희철에게 고개를 숙였다. 있는 그대로를 받아들이지 못한
나에 대한 질책이었고, 진심어린 사과였다.

"하하하! 받아들이겠습니다. 참! 언제 한번 도장에 놀러 와
요. 종합격투기도 야구만큼 매력적인 운동이니까요."

"그러죠. 그리고 도경환 씨, 미안해요. 자존심을 상하게 할
생각은 없었습니다. 단지 주먹으로 치면 크게 다칠 것 같아 손
바닥으로 친 것뿐입니다."

"…네."

"조만간 찾아 갈 테니 그때를 위해서라도 열심히 운동해 둬요."

난 사과는 물론 도경환과의 시합까지 약속을 했다.

'쓸데없는 약속까지 하다니 이해할 수 없군.'

떠나는 두 사람의 뒷모습을 보며 스스로 한 행동에 의문이
들었다. 너무 즉흥적이었고 나답지 않았다.

그러나 순수함에 왜 이렇게 약한 모습을 보였는지 며칠 지나
지 않아 알 수 있었다.

제5장

내 존재 이유

꿈을 꿨다.

나 자신을 잃어가는 꿈이었다.

정신을 붙잡으려고 아무리 노력해도 나에게 달라붙은 감정
의 찌꺼기들은 내 기억을, 내 순수함을, 내 힘을 조금씩 갉아먹
었고, 종국에 가서는 날 완전히 집어삼켰다.

정확하게 말하자면 완전히는 아니었다.

징그러운 눈동자 하나만 남아 바닥에 뒹굴었는데 그 눈은
끊임없이 날 향해 뭔가를 전하려고 했다.

'뭘 말하려는 거지?'

난 그 눈이 전하고자 하는 바를 알아내려 뚫어지게 쳐다보
았다. 하지만 곧 알 수 없는 두려움에 눈을 감았고 잠에서 깨
길 바랐다.

"헉!"

눈을 뜨자 두 개의 눈동자가 나를 바라보고 있었기에 나도 모르게 숨을 토해냈고, 손가락으로 두 눈알을 쿡 찔렀다.

"악! 형님, 무, 무슨 짓이십니까! 가, 갑자기 눈을 찌르면 어떻게 합니까?"

두 손으로 얼굴을 부여잡고 뒹구는 이가 석두임을 알고 나서야 꿈을 꿨음을 깨달았다.

"쯧! 누가 자는 사람을 그렇게 뚫어지게 쳐다보래?"

불쾌한 꿈 때문이진 내 말은 곱지 않았다.

"형님이 잠꼬대로 하도 뭐라뭐라 말해서 무슨 말인가 싶어 가까이 간 것뿐입니다."

"…내가 뭐라고 했는데?"

"정확히는 몰라요. '염병할 일이 대갈을 지져버려!' 하여간 대충 이런 말을 반복해서 중얼거렸어요."

염병할 일이 대갈을 지져버려?

혹시나 싶어 물었지만 역시나였다. 한때 욕을 입에 달고 다니던 석두답게 잠꼬대가 욕으로 들렸나 보다.

몇 번 중얼거려보지만 도대체 무슨 말인지 알 수가 없었다.

"에이! 포기다."

나지막이 중얼거리며 자리에서 일어났다.

줄줄 흐르는 눈물을 닦던 석두가 귀를 쫑긋거리다가 외쳤다.

"이번엔 알아들었어요! '에이, 뻑큐다'라고 하셨죠?"

가만히 석두를 바라보다가 갑자기 울컥해져 몇 번을 짓밟고 나서야 밖으로 호흡법을 하기 위해 나갔다.

운동을 하고, 아침을 먹고, 출근해 일을 하면서도 꿈의 찝찝함은 쉽게 사라지지 않았다.

띠링!

창밖으로 가을 하늘을 보며 멍 때리고 있는데 메시지가 왔다.

[큰아버지다. 점심이나 같이하자꾸나. 3호선 독립문역 1번 출입문 근처에 있는 독립샤브샤브 집에서 12시에 보자.]

무직에 호흡법 개발에만 신경 쓸 때와 달리 검찰청에서 여러 요직을 역임하고 유명 변호사가 되어서인지 성격이 꽤나 독단적으로 바뀐 것 같았다.

물론 지금의 모습만 본다면 약간의 반발심이 생기겠지만 바뀌기 전의 모습을 기억하는 나에겐 문제가 될 것이 없었다.

이민기 상무와 점심을 같이하기로 했지만, 취소를 하고 일찍 약속 장소로 향했다.

운전을 하고 가던 난 문득 지금 향해 가고 있는 독립문 근처는 처음 가보는 곳임을 깨달았다.

"서울 구석구석 안 가본 곳이 없이 다녔는데 처음이라고?"

마치 수십 년 전의 일처럼 아래에 깔려 있는 여행하던 기억을 더듬어보았다.

"말도 안 돼! 돌아가는 걸 빤히 알면서도 어떻게 그때는 몰랐지?"

의식적으로 피하려고 해도 도로의 특성상 한 번쯤은 지나갈 법도 한데 독립문역 근처만 가면 마치 뭔가에 홀린 듯 골목으로 들어간다든가 차를 돌리든가 해서 빙 둘러 가고 있었다.

쿵쿵! 두근두근! 쿵쿵! 두근두근!

독립문역 사거리를 지나자 심장이 미친 듯이 뛰기 시작했다. 심장의 울림이 영혼까지 뒤흔드는 듯했다.

운전을 하기 불가능한 상태라 우측 깜빡이를 켜고 무작정 골목 안으로 들어갔다. 그리고 눈에 보이는 빈 공간에 아무렇게나 주차를 한 뒤 고개를 젖히고 눈을 감았다.

"하아, 하아~ 오늘 도대체 왜 이러는 거야?"

심장의 박동 때문인지 숨이 가빴다. 그래서 심호흡을 하며 진정시키려 노력했지만 쉽게 나아지지 않았다.

툭툭툭툭!

"영업하는 가게 앞에다 주차를 하면 어떻게 합니까?"

차창을 두드리는 소리와 함께 짜증이 가득한 목소리가 들려왔다.

"아! 죄송합니다. 갑자기 머리가 어지러워서."

"…요 앞에 가게 주차장이 있으니 거기 잠시 세워 두고 쉬다 가세요."

사과를 하자 종업원인 듯한 사내는 더 이상 모질게 말하지 못하고 가게 주차장에서 잠시 쉬었다 가라고 말하곤 가게 옆에 비치된 의자에 앉았다.

고개를 숙이며 고마움을 표현하려던 난 사내 옆 창문에 적힌 '독립샤브샤브'라는 글을 보곤 피식 웃을 수밖에 없었다.

이상한 날에 그나마 운 좋은 일이 아닐 수 없었다.

"저쪽 주차장에 세워놓고 쉬라니… 식사하시려고요?"

내가 차에서 내리자 남자는 소리를 치려다 내가 내미는 돈을 보곤 직원모드로 바뀌었다.

"근데 발렛비는 이천 원인데요."

"나머진 담배라도 사서 피우세요."

내가 건넨 건 2만 원이었다. 그의 배려에 대한 작은 성의라면 성의였다.

그가 발렛을 하러간 사이 난 가게로 들어가지 않고 서대문 형무소역사관이 있는 곳을 바라보았다.

'저곳인가?'

수많은 의병, 계몽운동가, 독립운동가들이 수감되고 사라져 갔던 서대문 형무소는 민족의 아픔을 간직한 곳이었다. 한데 그곳을 바라보는 순간 어느 정도 진정되었던 심장이 다시 두근대는 것이 나와 연관된 곳임을 짐작할 수 있었다.

"그러고 보니 염일 때의 집이 있던 곳이 저 위였나?"

대한민국이 한눈에 보일 정도의 높은 위치에 있던 염의 집이 서대문 형무소역사관 위에 있다는 것은 억측이나 다름없었다.

한데 왠지 그럴 거 같았다.

큰아버지를 뵙고 서대문 형무소에 들릴 생각을 하며 가게 안으로 들어가려는 찰나 방금 가게 앞에 도착한 차에서 경적 소리와 함께 큰아버지가 내렸다.

"오셨습니까?"

"그래, 너도 일찍 왔구나. 들어가자."

큰아버지는 단골집인지 가게 주인은 인사를 하며 우리를 방으로 안내했다.

"단골집인가 봅니다?"

"98년도부터 간혹 들리는 곳이지. 한데 추석 때 일이 있다더니 잘 해결됐니?"

"걱정해 주신 덕분에 잘 해결되었습니다. 민철이와 민주는 잘 지내죠?"

"민철이야 공부하느라 정신없고, 민주는… 한동안 뭐에 홀린 듯 멍하니 지내다가 요즘은 정신 차리고 잘 다니고 있다."

"다행이군요."

민주를 가출하게 만들어 인신매매를 했던 친구가 죽었다는 소식을 들었다면 다소 충격을 받았을 것이다.

난 아무 내색을 하지 않고 숟가락과 젓가락을 꺼내 큰아버지 앞에 놓았다.

음식이 차려지고 육수가 끓기 시작할 때쯤 큰아버지가 입을 열었다.

"먹으면서 듣거라. 추석 때 찜질방에서 민주를 찾았다고 했는데 그곳이 어딘지 기억하니?"

"글쎄요, 정신없이 뛰어다니다 들어간 곳이라 정확히 기억이 나지 않네요."

"꼭 필요해서 그러니 천천히 생각해 보렴."

"무슨 일이신데요?"

"경찰청에서 극비리에 조사를 하고 있는 사건과 얼마 전에 일어났던 불량고교생 살인 사건과 민주가 연관이 있는 것 같아서 말이다."

"그런 사건이 있었습니까?"

큰아버지가 왜 돌핀파 사건을 언급하는지는 몰랐지만 내색을 할 만큼 어리지 않았다.

"민주에게 직접 물어보시지 그러셨습니까?"

"물어봤다. 한데 자긴 모르는 일이라고 화를 내더구나. 거짓말은 아닌 것 같은데… 뭔가 숨기는 듯한 느낌을 받아서 혹시 네가 알까 싶어서 말이다."

"음, 제가 보기엔 딱히 어떤 사건과 연관된 것 같지는 않았는데… 아! 혹시 사건 현장에서 민주 옷이라도 발견된 겁니까? 설령 그렇다고 하더라도 그것이 사건과 연관되어 있을 가능성은 전혀 없습니다."

"…왜지?"

"찜질방에서 민주를 봤는데 하도 꾀죄죄하게 있어서 제가 옷을 사줬었거든요. 한데 갈아입었던 옷을 못 챙기고 왔다고 종갓집에 거의 도착해서 말하더라고요. 그래서 중요한 옷 아니면 그냥 버리라고 했죠. 대신 상품권을 몇 장 줘서 사 입으라고 했습니다."

"음… 그래서 못 보던 옷과 상품권을 가지고 있었나 보구나."

"네, 혹시 그 일 때문이라면 경찰에 제가 증언을 하겠습니다."

큰아버지는 검사 시절 범인을 볼 때와 비슷한 눈빛으로 내가 한 말의 진위를 파악하려 했다.

'제게 알아낼 수 있는 것은 아무것도 없을 겁니다, 큰아버지.'

설령 김민주가 모든 걸 큰아버지께 말했다고 하더라도 내가 했다는 걸 입증할 증거는 없었다.

"민주가 연관되어 있을 것이라는 건 내 생각이었을 뿐이다.

경찰은 아무것도 모르고 있으니 네가 경찰에 가서 증언할 일은 없을 게다."

"그렇습니까? 하하… 경찰이라고 하니 왠지 긴장되었는데 잘됐네요."

너스레를 떨었고 이후론 큰아버지도 나도 아무 일도 없었다는 듯 식사를 했다.

"맛있게 먹었습니다. 민주에 대해선 너무 걱정 마십시오. 그만한 나이 때엔 누구나 비밀 하나쯤은 가지고 있으니까요."

계산을 하는 큰아버지에게 말했다.

"네가 학교에서 숨은 일진이었던 것처럼 말이냐?"

"…아셨습니까? 아무도 모를 거라 생각했는데."

"아주 우연히 네가 고3때 알게 됐다. 유성이가 그 때문에 얼마나 걱정했는지 아느냐?"

"아버지처럼 될까봐요?"

"아니, 깡패가 아니라 아주 무서운 범죄자가 될까봐. 어릴 때부터 모두를 속일 정도였으니 잘못 큰다면 희대의 악당이 될거라고 걱정했다."

"진즉에 그만뒀어야 했는데… 죄송합니다."

"지금은 그만뒀다는 소리처럼 들리는구나."

"추석 때 말씀드렸잖습니까. 이젠 아버지가 맡긴 일에 집중하고 있습니다."

"글쎄다. 그만둔 건지, 아님… 걱정하던 대로 되었는지는 두고 봐야겠지."

큰아버지는 일련의 사건을 내가 저질렀다고 짐작하고 있음이 틀림없었다. 꼬장꼬장함은 인생이 바뀌었음에도 변함이 없었다.

"어딜 가세요? 차는 저쪽에……."

"따라오너라. 잠깐 들릴 곳이 있다."

점심을 먹으며 내 속내를 알아보는 것이 전부가 아닌 모양이었다.

큰아버지가 향한 곳은 서대문 형무소 역사관 쪽이었고 어차피 들를 생각이었기에 천천히 뒤따랐다.

세월의 흔적이 보이는 갈색 망루와 담장이 보이면서부터 심장이 주체할 수 없을 만큼 뛰기 시작했고, 머릿속에서 알 수 없는 뭔가가 꿈틀거렸다.

정문을 지나 큰아버지는 역사관으로 바로 들어가지 않고 운동장을 가로질러 오래된 건물 쪽으로 향했다.

"저기 옛날 간이역의 역사처럼 보이는 목조건물이 보이느냐?"

"…네."

이러다 심장이 터지는 것이 아닌가 싶었다. 대답도 겨우 할 수 있었다.

"일제가 1923년에 지은 사형장이다. 네 증조부님이 저곳에서 돌아가셨다. 그 외에 얼마나 많은 애국지사들이 저곳에서……."

큰아버지의 목소리는 심장 소리에 점점 작아지더니 아예 들리지 않았다.

큰아버지는 다시 걸음을 옮겼고, 이번엔 역사관 안으로 들어갔고 난 그저 멍한 상태로 그를 따랐다.

"대한 독립 만세!"

"신이여, 대한제국을 구해주소서."

"나의 소원은 대한독립이다!"

"마지막으로 할 말은… 대한 독립 만세!"

……

전시관에서 들리는 소리일까, 수많은 사람들의 간절한 목소리가 심장 소리를 뚫고 머릿속에서 울렸다.

옛날 독립군들의 사진들이 살아 움직이며 나를 바라보았고 그들의 눈에선 피눈물이 흘러내렸다.

"아!"

독립운동가 수형 기록표가 벽에 빼곡히 붙어 있는 추모 공간에 들어서는 순간 가벼운 탄성과 함께 눈앞이 흐려졌다가 밝아졌다. 그리고 무의식에서 꿈틀대던 기억이 뚫고 나왔다.

석두가 들었다는 잠꼬대가 무엇인지 알게 되었다.

나는 염원이다. 할 일이 있다. 대한민국을 지켜라.

단순한 세 문장이었지만 내가 누구인지, 나의 존재의 이유가 무엇인지 알 수 있었다.

눈물이 줄줄 흘러내렸다.

수형기록표에 있는 수많은 애국지사들이 나를 원망스럽게 바라보고 있었다.

"죄송… 합니다. 다, 당신들에 의해 존재한 내가 스스로를 잊고 있었습니다. …죄송합니다."

난 바닥에 무릎을 꿇고 애국지사들 앞에 머리를 조아렸다. 큰 아버지가 갑작스러운 나의 행동에 깜짝 놀라 왜 그런지를 물었지만 난 아랑곳하지 않고 끊임없이 그들을 향해 용서를 구했다.

　　　　　＊　　　　　＊　　　　　＊

사람들의 간절한 염원은 때론 신기한 일을 만들어낸다.

맞다.

일제 치하의 독립을 바라는 사람들의 염원이 나를 만들어냈다.

그래서 내 이름은 염원이다.

작은 염원들이 모여 태어난 난 삶의 시작과 함께 내가 누구인지, 무엇을 위해 존재하는지 알고 있었다. 한데 난 시대를 잘못 타고났다는 말을 태어난 지 얼마 되지 않아 알 수 있었다.

내 생일은 1945년 8월 14일이었다.

대한제국 독립을 위해 태어났지만 일을 시작하기도 전에 할 일이 없어지게 된 것이다.

삶의 목적이 사라져버린 상황.

난 방황 아닌 방황을 하기 시작했다.

그런데 태어난 지 얼마 되지 않아서일까, 독립을 위해 존재했던 내가 독립이 되었음에도 사라지지 않았음을 간과했다.

그때 난 상황을 지켜보면서 내 능력을 파악하며 얌전히 있었어야 했다…….

시대를 넘나들며 사람들의 몸으로 들어가 기억을 읽고 그 사람들인 것처럼 생활하며 지내던 난 150년 후의 미래의 사람의 몸에 들어갔다가 한 가지 충격적인 사실을 알게 되었다.

5년 전, 그러니까 2090년에 대한민국이라는 나라가 사라지게 된다는 것이었다.

혹시 빙의했던 대상의 망상이 아닐까 해서 몇 명에게 더 빙의해 봤지만 그 사실이 바뀌진 않았다.

할 일이 생겼음을 알게 되었으니 난 미래를 바꾸기 위해서 움직이기 시작했다.

그런데 어느새 난 처음 태어났을 때완 달라져 있었다.

빙의 시간은 짧아져 있었고, 능력은 상당 부분 소실되어 있었다. 게다가 내 자신을 잃어가고 있음을 그제야 깨달았다.

문제가 사람들의 기억을 읽으면서 내 순수한 염원이 더럽혀지면서 생긴 문제라는 걸 알게 되었지만 달리 방법이 없었다.

마음이 급했다.

하지만 급하게 행동하면 할수록 난 더욱 빨리 나를 잃어갔다.

날 태어나게 한 염원이 날 버리지 않았음인가, 인간의 기억을 읽으며 얻게 된 절망이라는 단어가 날 잠식하기 전 희망을 발견할 수 있었다.

모든 기억을 잃고 시간의 틈에서 헤매고 있는 미래의 나를 보게 된 것이다.

놀라운 일이 아닐 수 없었다.

그의 기억에서 난 날 낫게 할 수 있는 실마리를 찾을 수 있었다. 비록 현재의 나에겐 불가능한 일이지만 말이다. 게다가 그는 존재의 이유를 깨닫고 내가 하려던 일을 이어서 하고 있었다.

가능성이 없다고 생각하던 미래 바꾸기를 멈추고 미래의 나를 위해 준비를 시작했다.

그리고 마지막 힘을 이용해 기억을 봉인했다.

불안함은 없었다.

반드시 전달될 것임을 알고 있기에 웃으며 나를 잃어갔다.

* * *

"빌어먹을 자식!"

난 나지막이 과거의 나를 욕했다.

기억을 봉인한 것이야 그렇다고 해도, 기억과 함께 쓸데없는 것까지 봉인을 해둔 것이다.

서대문 형무소 역사관에서 여러 가지 감정에 복받쳐 눈물을 흘리고 사죄를 청했지만 온전히 정신을 차리고 나자 내가 왜 그 일을 해야 하는지 고민하게 되었다.

막말로 이젠 김철의 기억이 염(염원)의 기억보다 훨씬 더 나에게 영향을 미치고 있었고 누가 지배를 하든지 비슷한 나라보다는 내 인생이 중요하다는 것이었다.

"윽! 아, 알았다고. 한다고. 누가 안 한데!"

갑자기 영혼이 소멸할 것 같은 고통이 밀려왔다. 아무렇게나

되어도 된다는 생각을 머릿속에서 지우고 나서야 고통이 사라졌다.

내가 조금 전에 언급했던 '쓸데없는 것'이 바로 이것이었다. 손오공의 금고아처럼 미래 바꾸기를 거부하려 하면 어마어마한 고통이 밀려왔다.

물론 염일 때부터 가지고 있던 본래의 속성인지도 몰랐다. 그러나 난 탓할 사람이 필요했고, 그 대상을 과거의 나로 정했다.

"또 하려고? 정말 너 같은 애는 살다 살다 처음 본다. 우웅~ 미안한데 다음에 하자 너무 피곤해."

자고 있던 최정연이 내 혼잣말에 깨서 가볍게 투덜대곤 다시 눈을 감았다.

"하자는 말이 아니니까 푹 자. 난 잠이 깨서 이만 가봐야겠다."

"가려고? 좀 있다 아침 먹고 가지?"

"나가서 해장국 먹으면 돼. 알아서 문단속 잘하고, 갈 테니 자."

내미는 입술에 가볍게 입맞춤을 하고 돌아섰다.

"참! 열흘 뒤에 내 생일 파티 할 건데 참석할 거지?"

"특별한 일 없다면. 뭐 가지고 싶은 거 있어?"

"참석해 주는 걸로 퉁 쳐줄게."

"알았어. 간다."

자동문이 열리고 발을 내딛자 가장 먼저 습기 가득한 바람이 반겼다.

"이런… 나오자마자 비가 내릴 건 뭐람."

막 내리기 시작한 비는 금세 바닥을 적셨기에 현관 처마에서 멈춰야 했다.

차가 있는 곳까진 대략 20미터. 뛰어갈지, 조금 자자들면 갈지 고민됐다.

"급할 것도 없는데, 뭘."

난 아예 현관 옆 기둥에 등을 기대고 앉았다. 그리고 빗방울을 토해내는 하늘을 올려다보았다.

봉인된 기억을 되찾고 나흘이 지났다.

이 정도면 생각을 정리하고 결정을 내리기 충분한 시간이라고 생각한다.

이젠 결정을 할 시간이었다.

피할 수 없으니 맞서야 했고 맞서기로 했다면 온 힘을 다해야 했다.

염을 의식하자마자 머리 위에 새로운 시선이 하나 생겼고 곧 둥실 떠오르기 시작했다. 그리고 비를 거슬러 하늘 위의 집으로 올라갔다.

예전에 했던 대로 장소를 선택하고 내려와 시간의 흐름을 바라보았다.

기억을 되찾으며 새로운 능력 또한 눈을 떴는지 시간의 흐름이 무척이나 선명하게 보였다. 즉, 내가 원하는 시간에 더욱 정확하게 갈 수 있다는 말이었다.

'대단한 능력은 아니지만 나름 괜찮군.'

넉넉하게 2100년도 봄을 선택했고, 시간의 흐름에 젖어들었다.

내가 선택한 장소는 2100년도의 대한대학교였다.

수많은 학생들이 오고가고 있었지만 모두 무시하고 역사학과가 있는 곳으로 갔다. 그리고 역사학과 교수실을 뒤져가며 빙의 대상을 찾았다.

'저 녀석은 왠지 재수 없게 보이고… 저놈은 딱 봐도 일본 놈이고.'

료사쿠를 만나면서 알게 된 일이지만 난 일본의 우익꼴통들을 싫어하는 것이지, 일본인 전체를 싫어하는 것은 아니었다.

그러나 콧수염이 난 교수는 한눈에 봐도 주먹을 날리고 싶은 것이 우익 꼴통이 분명해 보였다.

'오! 저 사람, 괜찮겠군.'

꽤 젊어 보이는데 벌써 교수인지 '교수 김경호'라고 적힌 명패 뒤에 앉아 책을 읽고 있었다.

난 김경호에게 빙의를 했다.

김경호의 정신을 차지하고 몸의 권한을 얻자 난 의자를 돌려 빼곡한 서재를 바라보았다.

원래 역사학과 교수의 기억을 읽어 어떻게 대한민국이 둘로 나뉘어 북한은 중국의 한 성(省)이 되고, 남한은 일본에게 편입되었는지를 파악하려 했었다.

한데 이 방법엔 단점이 있었다. 쓸데없는 기억만 읽다가 염의 에너지가 떨어질 수 있다는 것이었다.

책꽂이가 부족해 교수실 곳곳에 쌓여 있는 책을 보고 계획을 바꾼 난 책 제목을 보며 빠르게 필요한 검색을 했다.

"이게 좋겠군."

내가 고른 것은 책이 아니었다. '국민들이 주권을 스스로 포기하고 복속하게 만든 혼란기 한국의 정치와 경제'라는 두툼한 논문이었다.

저자는 다름 아닌 김경호.

그래서인지 관련 서적과 자료 또한 모두 모여 있었다.

…2085년부터 2090년까지 한국은 혼동이 극에 달한 시기였다. 정치인에 대한 국민의 신뢰는 후진국 수준보다도 못하게 되었고, 100년이 넘게 부패로 인한 공공자금의 유용되면서 국가는 부도 사태를 넘어 이미 국가로서의 기능조차 하지 못했다.

중략…

나라가 이 지경임에도 기득권층의 사치와 낭비는 줄어들 줄 몰랐고, 정부 또한 한통속이 되어 방치함으로서 결국 국민이 나라를 포기하는 사태에 이른 것이다.

이에 2000년도부터 90년간 어떤 일들이 있었는지를 살펴봄으로써 기득권층에게는 도덕적 해이에 대한 경종을, 국민들에게는 국민의 대표라고 할 수 있는 국회의원과 대통령 선출에 있어서 감정적으로 찍은 한 표가, 혹은 버린 한 표가 어떤 결과를 초래했는지를 보여줌으로써 선거의 중요성을 알게 하는 소중한 계기가 되리라 필자는 생각한다.]

서문을 읽는 것만으로도 온몸에서 열이 올라왔고, 가슴 한 구석엔 묵직한 돌이 자리한 듯 답답해졌다.

'일단은 여기 있는 자료를 기억하는 것이 중요하다.'

논문을 읽어 내려갈수록 분노에 머리가 하얗게 되며 당장에라도 현실로 돌아가 논문에 언급된 위정자들의 머리통을 날려 버리고 싶다는 생각이 들었다.

그러나 이를 악물고 참아야 했다.

김경호의 논문은 미래를 바꾸는데 반드시 필요한 자료였고, 조금이라도 더 읽어두는 것이 좋다는 생각에서였다.

'지금 이대로라면 2050년까지밖에 읽지 못하겠군.'

사진처럼 찍어 기억하는 능력이 있었지만 김경호의 자료는 그만큼 방대했고, 염의 에너지는 빠르게 사라지고 있었다.

한 글자라도 더 보기 위해 다시 책장을 넘기려는 그때 노크 소리와 함께 유타카 차림의 여성이 들어왔다.

"경호 씨, 또 그 자료를 보고 있는 거예요?"

예쁜 인형처럼 생긴 여자는 김경호와 연인 사이인지 애정이 듬뿍 담긴 눈빛으로 말을 걸어왔다.

'젠장! 기억을 읽고 튀어야 하나?'

고민은 짧았다. 자료가 아까웠기에 못들은 척하면서 다시 자료를 읽었다.

"…또 뭐 때문에 기분이 상한 거죠?"

"……."

"이제 저랑 말하기도 싫은 건가요? 말해 봐요. 과한 결혼식이 싫다고 해서 당신 말대로 가족과 지인들만 초대하기로 했잖아요. 한데 또 왜 이러는 거죠? …설마 저랑 결혼하기 싫어서 이러는 건가요?"

말을 하지 않는 것이 실수였다. 빙의 대상에게 영향을 미치는 행동이었는지 염의 에너지가 쑥 줄어들었다.

'쌍……!'

더 줄어들기 전에 난 책을 덮고 슬픈 표정의 여자를 쳐다보았다. 그리고 자연스럽게 기억을 읽었다.

'어라? 얘가 민철이 손자인 거야?'

김경호는 사촌 동생인 김민철의 손자로 일본 유력 가문의 여식 오가와―눈앞에 있는―와 이틀 후면 결혼을 할 예정이었다.

"오가와, 언제 왔어?"

능력이 향상되었는지 적은 에너지로 많은 기억을 읽을 수 있었다. 예상대로 쓸데없는 기억들이 더 많았지만 정보를 조금이라도 더 얻을 시간을 벌고자 말을 걸 수밖에 없었다.

"왜 우는 거야? 무슨 일이 있는 거야?"

"아, 아니에요. 당신이 절 무시하기에……."

"엥? 내가 왜 당신을 무시해? 내가 당신을 얼마나 사랑하는지 알잖아."

김경호는 오가와를 사랑하지 않았다. 진정 사랑하는 이는 따로 있었는데, 남 몰래 하고 있는 독립운동에 필요해서 어쩔 수 없이 하는 정략결혼일 뿐이었다.

'빌어먹을, 애들 인생까지……!'

김경호가 후손이라는 생각이 들자 감정이입이 훨씬 강력해졌다.

잘 다독인 덕분인지 오가와로 인해 사라지는 에너지는 더 이상 없었다.

'정보다!'

기본적인 사항이 지나가자 본격적으로 김경호가 논문을 쓰기 위해 공부했던 정보들이 흘러 들어오기 시작했다.

"그런 줄도 모르고… 미안해요."

"아냐, 오히려 바로 알아차리지 못한 내가 미안하지."

오가와도 어찌 보면 시대의 희생양이었다.

그걸 알기에 김경호도 갈팡질팡하며 때론 다정하게, 때론 매정하게 대했다.

"아니에요. 결혼하면 당신이 일하는 데 방해하지 않도록 노력할게요."

"당연히 일보다 당신에게 더 집중해야지."

내 멋대로 지껄이는 것이 아니었다. 김경호가 과거에 했던 오가와에게 했던 말을 반복하는 것뿐이었다.

다정한 말을 해서일까, 아직까지 눈물이 완전히 마르지 않아 촉촉한 눈빛의 오가와는 자리에서 일어나 나를 빤히 보다가 살며시 눈을 감았다.

'쯧! 전혀 반갑지 않군.'

미래의 손자—비록 정자로써도 존재조차 하지 않지만—와 결혼할 여자와 키스를 하고픈 마음은 없었다.

손을 들어 오가와의 얼굴에 대고 아주 천천히 쓰다듬으며 얼른 염의 에너지가 떨어지길 기다렸다.

그리고 막 입술이 맞닿으려는 순간 미래에 있던 시선은 사라지고 현재로 돌아왔다.

"휴우~ 식은땀이 다 나는군."

두 번 다시 겪고 싶지 않은 상황이었다.

비는 아까보다 더 거세게 내리고 있었지만 더 앉아 있다간 출근하는 최정연의 매니저와 만날 수 있었기에 비를 맞으며 차로 뛰어갔다.

제6장

준비

"오디션을 보러 오라고 연락이 왔다고?"

"예, 여기 대본입니다."

난 떨떠름하게 이민기 상무가 건네는 대본을 받았다.

그동안 몇 번 오디션을 보라는 이민기 상무의 등쌀에 마지못해 한 번 본 적이 있었다.

한데 오디션 장에서 하나의 배역을 따내기 위해서 많은 연습과 준비를 해온 배우들과 배우지망생들을 보며 난 약간의 죄책감을 느껴야 했다.

운도, 타고난 신체 조건도 실력이라고 말할 수 있었지만 왠지 그 다음부터 오디션을 보러가는 게 싫어졌고 이 핑계, 저 핑계를 대며 가지 않고 있었다.

"이번에도 참석하지 않으면 계약 불이행으로 고소를 할 생각입니다."

"…뭘 그렇게까지."

내가 작성한 계약서와 이민기를 상무로 승진시키며 한 계약서를 합치면 충분히 가능한 얘기였고, 지금 상태를 보면 하고도 남을 것 같았다.

"고작 드라마 한 편 찍은 배우에게 대본을 보내주며 오디션에 참석하라는 경우가 얼마나 있을 것 같습니까? 게다가 박성명 감독의 작품입니다! 박성명 감독이 누군지 아십니까?"

"누군데요?"

"헐! 특A급 배우들조차 같이 일하고 싶어 안달하는 감독입니다. 아마 모든 배우들이 그가 콜 해주길 은근히 기다리고 있을 겁니다. 범인의 구성, 노름꾼, 홍길동을 연출해……."

박성명 감독에 대해 공부라도 한 건지 쉴 새 없이 쏟아지는 그의 말에 질릴 수밖에 없었다.

'할 일이 많은데……'

미래를 바꾸기 위해 준비할 것도 있었고, 염의 에너지도 채워 둬야 했다. 한데 이번 오디션까지 거절하면 이민기 상무가 완전히 삐뚤어질 것 같았다.

'설렁설렁해서 떨어지면 되겠지.'

열정이 없는 사람을 누가 좋아할까.

"알겠습니다. 상무님 말씀대로 보기로 하죠."

"좋습니다. 전 사장님을 믿지만 혹시 모르니 대본을 외우면 저에게 확인을 받아주십시오. 그리고 스타일리스트에게 말해 둘 테니 역할에 맞는 스타일을 찾아 오디션까지 그렇게 다니시길 바랍니다."

이민기 상무는 만만한 상대가 아니었다.

"제가 알아서… 아, 아닙니다. 상무님 말대로 하죠."

눈을 부라리는 이민기 상무의 모습에 순순히 그러겠노라고 할 수밖에 없었다.

내가 이민기 상무에게 약한 이유는 회사를 위해 그가 얼마나 열심히 일하는지 알고 있기 때문이었다.

"여지민 앨범 준비는 어떻게 되어가고 있습니까?"

소속 연예인으로써 지시받는 걸 끝내고, 이젠 사장으로 지시를 내릴 차례였다.

"어제부로 녹음이 끝났습니다."

"들어볼 수 있을까요?"

이민기 상무는 스마트폰을 이용해 여지민의 노래를 틀었다.

가급적 미래가 바뀌지 않길 바랐던 내 생각대로 여러 가지 악기보단 여지민의 목소리에 충실한 노래였다.

"고생하셨습니다. 이대로 앨범을 출시하세요."

"…정말 이대로 괜찮겠습니까? 제가 생각하기엔 더 화려하게 하고 래퍼들에게 피처링을 부탁하는 것이…….."

"아뇨, 이대로 하세요."

"…알겠습니다."

다소 불만인 듯한 표정이었지만 지금은 사장으로서 나를 보고 있는지 별다른 말없이 수긍했다.

"마케팅은 어떻게 할까요?"

"얼마 전까지 이쪽과는 전혀 무관한 사람이라는 걸 잘 아시잖아요."

"…저도 가수는 처음이라 잘 모릅니다만."

"아는 사람들이 있을 것 아닙니까? 상무님의 성격상 이미 물어봤으리라고 생각합니다만."

정곡을 찔렀는지 이민기 상무는 서류철에서 '음반 마케팅 전략'이라 적힌 서류를 꺼내 내밀었다.

"친한 후배와 선배들에게 물어서 몇 가지로 나눠봤습니다. 회사 규모에 따라, 가수의 인지도에 따라 장기적으로 보느냐, 단기적으로 보느냐에 따라 등등… 어쨌든 맨 마지막에 보시면 두 가지 정도로 만들어봤는데 내용을 보고 잘 모르시겠다면 그 부분만 보시고 결정하셔도 될 겁니다."

훌륭한 보고서였다.

상세하면서도 직관적이었고 누가 보더라도 고개를 끄덕일 만한 내용이었다.

"옵션 원(one)에 음원사이트 20위 이내 진입 방법이라고 적혀 있고 비용이 2천만 원이라고 되어 있는데 뭡니까?"

"음원사이트 브로커 비용입니다. 일단 음원 사이트에 20위 안에 한 주 정도 들어가 있으면 최소한의 주목은 받을 수 있을 겁니다. 즉 여지민이 조금 더 빨리 가수라는 타이틀을 달 수 있게 해줄 겁니다. 운이 좋다면 가요 프로그램에 출연할 수도 있고요."

"한 마디로 조작이군요?"

"싫으시다면 안 하셔도 됩니다. 그저 선배 중 한 명이 권해서 적어둔 것뿐입니다."

"아뇨. 조작이 싫어서가 아닙니다. 필요하다면 1억이라도 써서 해야죠. 하지만 지금은 아닙니다."

"네?"

"일단 브로커들에 대해 알아만 두세요. 나중을 위해 필요할지 모르니까요. 그리고 옵션 투에서 이것과 이것은 지우고 실행하는 걸로 하죠."

난 연필로 보고서 내용 중 몇 개를 지우고 이민기 상무에게 줬다.

"옵션 투는 최소한인데 그 최소한에서도 지우겠다는 겁니까? 이 상태라면 언더그라운드 가수와 별다를 바가 없는데… 그냥 앨범만 내자는 말씀입니까?"

"일단은요."

내년 초까지는 절대로 유명해져서는 안 됐다.

"사장님께서 지시하시는 것이니 따르겠지만, 도무지 이해가 되지 않습니다."

"내년 초까지만 기다리세요. 그때부터 상무님의 주식은 하늘 높은 줄 모르고 가격이 뛸 겁니다."

난 그를 상무로 앉히며 10퍼센트의 주식을 전환사채 형식으로 주었다. 2년 뒤엔 가격이 오르지 않는다고 해도 4억을 행사할 수 있었다.

"그저 휴지 조각이 되지 않길 바라며 열심히 일하고 있을 뿐입니다."

그는 내 말이 믿기지 않는지 씁쓸하게 대답하고 밖으로 나갔고 난 굳이 위로의 말을 하지 않았다.

미래가 바뀌어 여지민이 당장에 스타가 되지 못한다고 해도 잠재력으로 볼 땐 그녀는 충분히 스타가 될 수 있었다. 그리고 설령 내 생각이 모두 틀린다고 해도 2년 후에 회사가 망할 일은 없었다.

난 옷을 챙겨 입고 아래층으로 내려갔다. 그러자 휴게실에서 커피를 가지고 나오던 이민기 상무가 도끼눈을 하며 말했다.

"어딜 가십니까? 대본은 읽어보셨습니까?"

"참나, 이번엔 소속 연예인입니까? 헷갈리지도 않습니까?"

"헷갈릴 리가 있겠습니까? 사장님을 다그칠 수 있는 유일한 시간인데요."

"네네, 커피숍에서 외우고 오겠습니다. 상무님."

난 대본을 들어 흔들어보이곤 주차장으로 내려와 차에 올랐다. 물론 커피숍에 갈 생각은 없었다.

내가 향한 곳은 천안이었다.

깡패가 되어 돌아다니면서 위험한 순간이 없었다면 거짓일 것이다. 그중에서 가장 위험했던 순간을 꼽으라면 조직을 완성한 뒤 안정화되어 가는 도중 알 수 없는 조직에게 공격을 받았을 때일 것이다.

다행히 초기에 적들의 본거지를 알아내 급습해 해결했기에 망정이지, 아니었으면 꽤 많은 조직원들을 잃었거나 조직이 궤멸했을 것이다.

그들은 어디선가 무기를 공급받아 대대적인 공격을 준비 중이었기 때문이었다.

난 두 번 다시 그런 일이 일어나는 걸 방지하기 위해 배후 조직을 찾았고, 부산을 거점으로 세를 넓히고 있던 일본 야쿠자 조직의 하부 조직임을 알게 되었다.

그리고 한 달간의 노력 끝에 그들을 괴멸시킬 수 있었는데, 그때 꽤 많은 전리품을 얻을 수 있었다.

주먹으로 흥한 자 주먹으로 망하고, 총으로 흥한 자 총으로 망한다고 난 망할 때 망하더라도 총으로 망하긴 싫어 전리품을 모두 한곳에 숨겨뒀는데, 지금 그곳으로 가는 중이었다.

5년 전 구제역으로 키우던 돼지들이 모두 죽자 축사 주인이 헐값에 팔아넘긴 곳으로, 혹시나 싶어 구입해 둔 곳이었다.

"몇 년이 지났는데 아직까지 냄새가 이렇게 나냐……."

분뇨 냄새에 인상을 쓰며 풀이 허리까지 자라 있는 입구에 차를 세우고 낡고 녹슨 철문을 열었다.

워낙 외지고 음산한 곳이라 마지막으로 봤을 때와 별로 달라진 것이 없었다.

낡고 오래된 건물을 지나 언제 허물어질지 모르는 축사로 들어갔다. 그리고 돼지에게 먹이를 줄 때 사용하던 것처럼 보이는 장치의 일부를 만졌다.

덜컹!

집중하지 않으면 들리지 않을 정도로 작은 소리가 축사 밖에서 났다. 밖으로 나와 축사 옆으로 가자 다른 곳과 달리 땅이 약간 올라온 곳이 있었다.

들어 올리자 한 사람 정도 들어갈 철문이 나타났다.

철문마저 열고 안으로 들어가서 준비해둔 랜턴을 켜자 아무렇게나 쌓여 있는 박스들이 보였다.

"쓸데가 있을까 싶었는데……."

박스를 열자 갖가지 무기들이 쓰레기처럼 쌓여 있었고, 시뻘 겋게 녹슨 것들도 많았다.

가장 괜찮아 보이는 무기들을 가지고 온 백에 담았고 총알과 필요한 것들을 넉넉하게 챙겼다.

충분히 챙겼다고 생각한 난 창고를 원래대로 해두고, 사무실 겸 숙소로 쓰던 건물로 들어갔다.

뽀얀 먼지가 어느 누구도 이곳에 들어오지 않았음을 보여줬 기에 창문이 없는 방으로 들어가 총을 정비했다.

몇 번의 시행착오를 거치며 일단 두 자루를 정비한 나는 탄 창에 총알을 가득 챙겨 축사 뒤에 있는 언덕으로 올라갔다.

틱! 팍! 틱! 팍! 틱! 팍!

소음기가 장착된 권총에서 김새는 소리가 들릴 때마다 내가 타깃으로 삼은 작은 나무 옆의 땅이 파였다.

"음, 영화와 현실은 다르다더니."

총열을 식히기 위해 번갈아 총을 쏘았다. 날이 어두워질 때 까지 총을 쏘고 나서야 세 발 중 한 발을 사람 몸통만 한 나무 에 맞힐 수 있었다.

"…아음속탄을 더 챙겨야겠다."

결코 성급하게 할 일은 아니었다.

난 축사로 돌아와 아음속탄을 더 챙긴 후 차에 몸을 실었다.

*　　　　*　　　　*

천안IC로 가다가 계획을 바꿔 천안 시내로 차를 돌렸다. 그리고 적당한 곳에 정차를 하고 전화를 걸었다.

—꺅! 철이 오빠지?

천안에 있을 때 성욕을 풀어주던 삼인방 중 한 명인 미나가 괴상한 비명을 지르며 반겨줬다.

—진즉에 전화할 줄 알았는데 이제야 전화를 하다니… 하긴 서울엔 예쁜 애들이 더 많으니 우리가 생각도 안 났겠지.

"미안. 안 하던 짓 하다 보니 정신이 없었다."

—반가워서 괜히 한 소리야, 헤헤! 평생 TV에서만 볼 거라고 생각했던 오빠가 우리를 잊지 않고 전화해 줘서 기쁘네. 잘 지내고 있는 거야?

"응. 한데 아직도 거기서 일하냐?"

—아니. 나랑 체리랑 은경이랑 셋이 나와서 다른 곳에 가게 냈어. 왜? 한번 오게? 오빠라면 언제든 환영이야.

"그래? 나 지금 천안인데 주소 불러봐."

—진짜? 서북구 XX동 맥스호텔 뒤편이야.

"어딘지 알겠다. 바로 갈게."

삼인방을 생각하다가 미래 바꾸기에 도움이 될 즉흥적인 계획이 떠올랐다. 궂은일도 마다하지 않을 걸 그룹을 만들 생각이었다.

"오빠! 이게 얼마만이야!"

"어서 와! 우와! 연예인이 돼서 그런지 예전과 비교도 안 되게 멋있어졌네?"

"비켜! 내가 안을 거야!"

아직 이런 저녁이라 손님이 없는지 삼인방은 콧소리 가득한 고음을 내지르며 안겨 왔다.

그런 세 명을 보던 난 살짝 굳어지는 얼굴을 감추려 애써 밝은 척하며 삼인방을 한 번씩 안아주었다.

'얘들은 안 되겠다······.'

대한민국에서 미모라면 열 손가락 안에 꼽힌다는 최정연을 자주 보고 매일같이 여자 연예인들을 봐서인지 보는 눈이 달라진 모양이었다.

물론 본격적으로 관리를 받는다면 연예인만큼 예뻐질 얼굴이었다. 한데 묘한 위화감이 걸 그룹엔 어울리지 않는다고 말하고 있었다.

그리고 그들의 몸매를 찬찬히 살피다가 위화감의 정체를 알 수 있었다.

두상. 머리 크기의 문제였다.

삼인방 중 최정연과 키가 비슷한 미나가 느낌상 최정연보다 훨씬 작아 보이는 이유는 두상 때문이었다.

"서울에 가서 굶주렸어? 하긴 우리처럼 잘해주는 여자는 찾기 힘들 거야. 호호호!"

"하하! 니 말이 맞다."

살펴보는 걸 감상하는 것으로 오해한 모양이었다. 굳이 오랜만에 만난 삼인방을 기분 나쁘게 할 이유가 없었기에 맞장구를 치며 그동안 어떻게 지냈는지에 대해 시시콜콜 얘기했다.

술을 한잔하며 1시간 정도 얘기를 하자 손님들이 들어오기 시작했기에 잔을 비웠다.

미나는 내가 가려는 걸 눈치를 챘는지 한마디 했다.

"오늘 쉬었다 갈 거야?"

"아니, 올라가봐야 해."

"에에? 서운하게 그냥 가려고? 잠깐이라도 좋으니 쉬었다 가."

"후후! 말이라도 고맙다. 하지만 애들이 연락하지 않고 너희들과 놀다 갔다는 걸 안다면 서운해 할 거야."

"아예 만나서 술 마시다가 새벽에 우리랑 놀다 가. 석훈이 오빠는 찾아왔는데 오빠는 오지 않았다고 상수 오빠가 얼마나 서운해했는지 알아?"

체리와 은경이도 날 잡으려 한마디씩 했지만 이들과 자러 온 것이 아니었기에 바로 자리에서 일어났다.

"서울에 올라오면 연락해라. 오빠가 맛있는 것 사줄 테니까. 잘 지내."

삼인방은 서운함을 표현하긴 했지만 잡지는 않았다.

작별을 고하고 가게에서 나오자 예전과 달리 제법 두목 티가 나는 상수가 기다리고 있었는지 다가와 인사를 했다.

"오랜만에 뵙습니다, 형님."

"조용히 가려 했는데 굳이 찾아왔구나. 오랜만이다."

이미 온 사람에게 다시 돌아가라고 말할 수는 없었기에 웃는 얼굴로 인사를 받았다.

"형님이 저희들을 피하는 이유가 저를 위해서라는 거 충분히 알고 있습니다. 그래서 혼자 왔는데 그냥 가시려는 건 아니시죠?"

"훗! 두목은 함부로 혼자 돌아다니는 거 아니다."

"전대 두목님을 보고 배운 거라 쉽게 고쳐지지 않습니다. 하하하!"

"나야 경찰에서도 잘 몰랐으니까 가능한 얘기였지."

"저도 형님처럼 바지 두목을 앉혀 둘 걸 그랬나 봅니다. 아! 전 이미 오래전부터 알려져서 불가능하겠네요."

평소 과묵한 상수가 말이 길어지는 걸 보니 할 말이 있는 모양이었다.

"가자, 간만에 둘이 한잔하자."

"제가 요즘 간혹 들리는 곳으로 모시겠습니다."

상수가 안내한 곳은 천안 시내에서 조금 떨어진 곳에 자리한 바(Bar)였다.

"어머! 양 사장님, 항상 혼자 오시더니 오늘은 친구분이랑 같이 왔네요?"

두 명의 바텐더 중 예쁘장하게 생긴 여자 바텐더가 상수를 보곤 친근하게 인사를 하는 것이 자주 들르는 모양이었다.

"하하하! 긴히 할 얘기가 있어서요. 방 비어 있죠?"

"그럼요, 들어가세요."

"일단 현정 씨가 만든 칵테일 두 잔부터 주고, 양주도 한 병 부탁해요."

"네! 금세 갔다 드릴게요."

방은 넓진 않았지만 두 사람이 술을 마시기엔 적당한 곳이었다.

"이건 서비스예요."

"역시 현정 씨밖에 없다니까."

칵테일과 함께 카나페 한 접시 테이블에 놓던 현정이라는 아가씨는 내 얼굴을 보더니 멈칫하더니 빤히 쳐다보았다.

"아! 드라마 '그녀의 남자'에서 그… 몸 좋은 깡패로 나왔던 분이죠?"

"아, 예."

"우와! 영광이에요. 집에 가실 때 사인 좀 부탁드려도 될까요? 양 사장님이 연예인과 아는 사이인 줄은 몰랐어요. 어머! 내 정신 좀 봐. 죄송합니다. 만수 오빠한테는 제가 이랬다는 거 비밀로 해주세요. 편안하게 해드려야 하는데… 그래도 사인은 꼭 부탁드릴게요. 꼭이에요, 꼭!"

고개를 끄덕이자 그제야 나가는 모습에 피식 웃음이 나왔다.

"죄송합니다. 제 직업을 모르는 아가씨라……."

"괜찮아. 근데 여자를 보는 취향이 독특하네. 네가 과묵하니 밝은 여자에게 이끌리는 건가?"

"…눈치채셨습니까?"

"눈치를 채지 못하는 게 이상한 거지. 그리고… 아니다, 마시자."

사랑 놀음도 좋지만 둘 다 위험해질 수 있으니 얼른 안방에 데려다 놓던지, 아님 그만두라고 충고를 하고 싶었지만 그걸 모르는 것 같진 않았기에 입을 닫았다.

"서울 일은 감사했습니다, 형님."

"내가 한 게 뭐가 있다고. 그리고 선물 따윈 바라지 않으니 너희들이나 잘살아."

"형님도 참… 그럼 떠나실 때 많이 좀 챙겨 가지 그러셨어요.

그랬으면 그런 생각도 안 했을 겁니다."

"충분히 챙겨갔다."

"형님 말고는 아무도 그렇게 생각하지 않고 있습니다. 어쨌든 조만간 명의를 넘길 테니 건물이 작다고 너무 서운해하진 마십시오."

반드시 주겠다고 의지를 불태우는 모습에 고개를 절레절레 흔들 수밖에 없었다.

칵테일에 이어 양주까지 한 잔 마시고 나자 상수는 비로소 본론을 꺼냈다.

"그리고… 저희, 서울에 진출하게 될 것 같습니다."

"역시 그렇게 됐냐?"

동생들에 이어 석두까지 관여하다 보니 어떻게 흘러가는지 예의주시할 수밖에 없었다.

돌핀파의 영역을 노리는 곳은 일대의 조직들로 모두 네 곳이었다.

청량리 맘모스파, 동대문 두산파, 종로의 파고다파, 아현동의 화연파 중 가장 먼저 움직인 곳은 바로 옆에 있던 두산파였다.

한데 내 예상대로 광역수사대는 기다렸다는 듯 두산파를 돌핀파 사건의 주요 용의자로 찍어 잡아들였다. 이에 상황은 급변했다.

서울의 노른자 땅이라고 할 수 있는 종로 탑골공원과 인사동 일대를 장악하고 있는 파고다파는 소탕대실할 것이 두려워 손을 뗐고, 네 곳 중 가장 세가 약한 화연파는 숨을 죽였다.

이에 홀로 남게 된 맘모스파는 돌핀파 영역은 내버려 두고 전격적으로 무주공산이 된 두산파 지역을 차지해 버렸다.

맘모스파의 두목은 머리가 좋은 사람이었다.

세 지역을 모두 차지하기엔 조직 역량 부족하다는 걸 알고 있었고, 설령 무리해서 차지한다고 해도 경찰들이 잠잠해지고 나면 맘모스파가 커지는 걸 막기 위해 다른 조직들이 힘을 합쳐 움직일 것이 뻔했기 때문이었다.

결국 맘모스파는 혜화동 일대 역시 탐이 났지만 두산파 지역을 차지하게 된 것에 만족하고 사실상 포기해 버린 것이다.

이에 돌핀파 영역은 서로 눈치만 볼 뿐, 가지려는 사람이 없는 무주공산이 되어버렸다.

상수는 지금 돌핀파 영역을 차지하겠다고 나에게 말하는 것이었다.

"대책은 있는 거냐?"

"두산파를 칠 때 우리가 도운 것만큼 맘모스파에서 도와주기로 했습니다."

"……"

술을 마시다가 멈추고 상수를 물끄러미 바라보았다. 더 설명해 보라는 무언의 신호였다.

"형님이 무엇을 우려하는지 알고 있습니다. 하지만 영역을 차지한다고 인정을 받는 건 아니라고 들었습니다. 그 부분을 맘모스파가 해결해 준다고 했습니다."

"휴우~ 맘모스파 두목이 그러디?"

"…뭐가 잘못됐습니까?"

"응, 아주 많이."

능력 이상의 일을 하면 열에 아홉은 망하는 법이었다.

전형적인 관리형 인간인 상수가 욕심에 사업을 확장하려 했으니 위기에 처하는 건 어쩌면 당연한 결과일 것이다.

물론 그의 욕심을 자극하고 이용하는 이는 맘모스파의 두목이었을 것이다.

"맘모스파 두목에게 완전히 농락을 당했구나."

"…죄송합니다."

"시작부터 말리지 못한 내 잘못도 있겠지. 일단 설명에 앞서 맘모스파 지역에 나가 있는 애들에게 연락해 다른 곳으로 옮기고 준비 태세를 갖추도록 해라. 그 다음 맘모스파 두목에게 연락해 돌핀파 영역은 알아서 할 테니 도와준 것에 대해선 돈으로 달라고 해라."

"네? …아! 아, 알겠습니다."

서울의 한 지역을 차지할 수 있다는 욕심이 상수의 눈을 멀게 했음이 분명했다. 한데 내가 잘못되었다고 하자 비로소 직시할 수 있게 되었는지 재빨리 전화기를 꺼내 내가 말한 바를 이행했다.

"…생각해 보니 위험부담이 너무 크군요. 마치 저희가 두산파를 노린 것처럼 되는 건 바라지 않습니다."

—…….

"돌핀파 영역은 포기를 하던 도모를 하던 저희가 알아서 하겠습니다. 그러니 약속했던 돈을 받는 것으로 거래를 끝냈으면 합니다."

—…….

"3억을 벌써 쓰셨다는 말입니까? 인정하겠습니다. 나머지는 수하 편으로 보내주십시오."

중간중간 맘모스파 두목이 설득하는 듯했지만 상수는 2억을 포기하며 단칼에 거절했다.

맘모스파 두목의 입장에선 떡밥을 물었던 상수가 왜 갑자기 돌변했는지 궁금하겠지만 상수의 말대로 해주는 수밖에 없었다. 지금 상수까지 적으로 돌리기엔 해야 할 일이 많았기 때문이었다.

"제가 정신이 잠깐 나갔나 봅니다. 욕심을 내다가 동생들을 위험에 빠뜨릴 뻔했습니다. 정신 차리게 해주셔서 감사합니다."

전화를 끊고 상수는 고개를 숙였다.

"이제 이해가 됐냐?"

"그저 그 빌어먹을 새끼한테 낚였다는 건 확실히 알겠습니다."

"그럼 됐다. 원래 욕심이 모든 걸 망치는 법이다. 뭐, 욕심이 없다면 발전도 없지만. 어쨌든 이번 일을 경험 삼아 잘 이끌어 가길 바란다."

"죄송합니다. 건물 대신 잔금으로 받는 6억으로 만족하셔야겠습니다."

"됐다. 고생한 애들이나 챙겨 줘라. 난 오늘 너랑 술 마신 걸로 만족하마."

"하하하. 형님은 참 쉽게 일을 하셨던 것 같은데… 전 역시 보스보단 주먹 쓰는 일이 어울리나 봅니다."

"처음부터 잘하는 사람은 없다. 5년만 지나면 나보다 더 능구렁이가 되어 있을 거다."

"정말 그럴까요? 젠장! 애들한테 큰소리 빵빵 쳐 놨는데 우습게 됐네요. 하하하!"

상수의 표정은 '쓴웃음을 짓다'의 정석을 보여주는 듯했다.

이럴 땐 어떤 위로도 소용없음을 알고 있었다.

조직의 동생들이 계획이 실패했다고 해서 상수를 우습게 볼 일은 없겠지만 당사자로서는 주위의 모든 것이 자신을 비웃는다고 느낄 수 있었다.

"상수야. 한 가지만 물어보자."

"…예, 형님."

"서울엔 왜 올라오고 싶은 거냐?"

"형님의 뒤를 잇고 싶었습니다. 망상에 불과했지만 말입니다."

내 뒤를 잇는다?

바로 이해할 수 없었는데 이어지는 상수의 말에 한참 동생들을 모을 때 술에 취해 했던 말이 기억났다.

서울 일통.

"오로지 주먹만으로 가능하다고 믿던 때 한 말이라는 걸 너도 알잖아?"

법을 집행하는 검찰과 경찰은 허수아비가 아니었다. 그리고 그들 위에 있는 법을 만드는 자들은 말해 봐야 입만 아팠다.

조직을 키운다는 것은 그들에게 이익을 나눠줌으로서 가능해지고, 커 갈수록 더 많은 사람에게 더 많은 것을 줘야 가능한 일이었다.

지방이라면 지역 국회의원, 지방검찰청과 지방경찰청, 그리고 시의원 몇만 신경 쓰면 되지만, 서울이라면 신경 쓸 것이 많을 수밖에 없었다.

"알고 있습니다. 하지만 한 지역쯤은 가능할 거라고 생각했습니다."

"그 후엔?"

"글쎄요, 그 뒤는 생각해 본 적 없습니다. 제 꿈은 형님이 심어주신 딱 거기까지밖에 없습니다."

참 단순하면서도 명쾌했다.

'없는 것보단 낫겠지.'

나도 단순하게 결론을 내렸다. 상수파가 서울에 있다면 도움받을 일이 있을 거라는 생각이었다.

그렇다고 무작정 도울 수는 없었다. 그래서 한 가지를 테스트해 보기로 했다.

"솔직히 말하마. 난 돌핀파의 영역을 차지할 방법을 알고 있다."

"네? 저, 정말이십니까? 방법이 있다면 가르쳐 주십시오, 형님!"

"미안하지만 그건 네가 알아내야 할 일이다. 네가 알아낸다면 나에게 전화해라. 그럼 도움을 주겠다."

"무슨 일이 있더라도 알아내겠습니다!"

이해를 한 건지 몰라도 대답은 시원시원했다.

이해를 했다면 좋겠지만 못했다고 해도 어쩔 수 없었다. 상수의 한계가 거기까지인 것이니 미련을 둘 이유가 없었다.

술도 다 마시고 얘기도 끝났기에 서울까지 갈 대리 기사를 부른 후 룸을 나가려 할 때였다.

약간의 소란스러움이 있다가 갑자기 조용해졌다.

"내 이럴 줄 알았다."

"무슨 말씀을… 죄송합니다."

상수도 알아차렸는지 낮은 목소리로 사과를 했다.

"시끄럽고, 가급적 조용히 해결해라. 현정이라는 아가씨랑 사귈 마음이 있다면."

"조용히 해결되겠습니까?"

난 검지로 머리를 툭툭 쳤다. 제발 머리 좀 굴리라는 소리였다.

"아! 무슨 말씀인지 알겠습니다. 근데 다짜고짜 찌르진 않을까요?"

"걱정마라."

난 요즘 습관처럼 가지고 다니는 마스크로 얼굴을 가리며 허리뒤춤에 차고 있던 소음기 달린 권총을 꺼냈다. 조금이라도 익숙해지기 위해 들고 있었던 것인데 이렇게 도움이 될지는 몰랐다.

"헐! 총으로 흥한 자 총으로 망한다면서요?"

"아까부터 보면 넌 참 쓸데없는 것만 기억하는 거 같다. 누가 진짜 쏜대? 위협용이야. 야! 다가온다. 얼른 얘기해."

짐작컨대 상수를 노리고 온 자들은 동대문의 두산파에서 나왔을 가능성이 높았다. 그러니 맘모스파와 아무 관계가 없고 두산파가 무너지지 않도록 도움을 준다고 하면 의외로 조용히 해결될 문제였다.

상수는 큰소리로 외쳤다.

"씨발! 여기 누가 있는 줄 알아? 천안의 핵싸대기가 있어! 몇 명이 왔던 오늘 다 죽었다!"

"······."

잘하지 않았냐고 쳐다보는 상수를 보자 정말이지 핵싸대기를 날리고 싶었다.

하지만 문을 열고 번개처럼 찔러오는 적을 처리하는 게 우선이었다.

철썩! 철썩!

상쾌한 싸대기 소리와 함께 싸움은 시작됐다.

제7장

과거와의 만남

"푸하하하! 형님! 그리고 계시니 순진한 대학생처럼 보이는데요. 푸하하하하!"

오디션을 가기 위해 배역에 맞는 헤어스타일과 옷을 입고 나가려는데 회사로 들어오던 석두와 마주쳤다. 그런데 보자마자 배를 잡고 웃기 시작했다.

게다가 여지민이 웃음을 참으며 한마디 했다.

"풉! 사장님, 너무 귀여우세요."

속이 좁은 나지만 약간의 놀림을 받았다고 어린 여지민 앞에서 화를 낼 수는 없었다.

"…고맙다."

반어법으로 대답을 하고 차로 가는데, 방긋방긋 웃으며 석두가 쫓아왔다.

"왜!"

"천안에서 한바탕하셨다면서요?"

윽! 엊그제 일을 생각하니 다시 열이 확 올라왔다.

쉽게 해결할 수 있는 일을 복잡하게 만든 상수 때문이었다. 처음으로 녀석에게 자리를 물려준 것이 후회되는 순간이었다.

"얘기하기도 싫다."

"상수가 일부러 그랬겠어요?. 형님이 전화 안 받는다고 저한 테 전화해서 죄송하다고 전해 달라던데요."

"시끄러! 그놈의 사과, 벌써 수백 번은 들은 것 같다."

"후후! 어쨌든 전 전했습니다. 참! 형님, 오늘 너무 귀여… 압! 귀엽습니다. 푸하하핫!"

목젖치기를 피한 석두는 후다닥 도망가며 내 속을 뒤집어 놓았다.

오디션 시간보다 최소한 1시간 전에 도착해야 한다고 이민기 상무가 잔소리를 하지 않았더라면 올라가서 실컷 팼을 것이다.

"가자, 병호야."

차에 올라 매니저에게 말한 후 눈을 감고 오디션 볼 역할의 대사를 다시 한 번 떠올렸다.

공개 오디션이 아니라 그런지 제작사는 꽤 한가로워 보였다.

"이렇게 일찍 안 오셔도 되는데… 여기가 대기실이니 편하게 커피 마시면서 기다리세요."

"고맙습니다."

직원이 나간 후 한쪽에 놓인 커피머신에서 커피를 뽑아 적당한 자리에 앉았다. 그리고 '대도(大盜)'라고 적힌 대본의 겉표지를 잠시 보다가 책장을 넘겼다.

대본을 전체를 읽어봤기에 전부를 외우라고 하면 외울 수 있었다. 하지만 그런 멍청한 짓은 사양이었다.

내가 연기해야 할 배역이 나오는 신(Scene)만 외우면 됐고 그저 반복 숙달해 굳이 의식하지 않아도 외울 정도로 만들었다.

'주연들의 캐릭터에 비하면 다소 밋밋한 캐릭터. 하지만 이게 맞아. 다른 주요 캐릭터들이 힘을 받으려면 이 배역이 너무 튀어도 문제야.'

다시 한 번 대본을 보며 역할에 대해 생각하는 것으로 난 오디션 준비를 마쳤다.

간혹 한 문장을 수백 번씩 읽으며 다른 버전으로 연습을 했다는 배우들을 볼 때 존경스럽긴 했지만 그렇다고 따라할 생각은 없었다.

"안녕하세요."

"네, 안녕하세요."

30분 정도 지나자 오디션 참가자가 하나둘 들어왔다.

나를 포함해 네 명이었는데 경쟁자들이라는 생각 때문인지 인사를 끝으로 대사를 외운다든지 나지막이 연기를 하면서 각자 할 바에 집중했다.

"오현명 씨, 문재현 씨, 두 분은 저를 따라오시면 됩니다."

오디션이 시작됐는지 두 사람이 호출됐다.

"오늘이 마지막 오디션이라니 더 긴장되네요."

대기실에 둘만 남자 어색함 때문이었을까 남은 한 명이 혼잣말처럼 중얼거렸다. 그러나 혼잣말이 아닌 말을 거는 것임을 누구라도 알 수 있을 만큼 컸다.

"저도 약간 긴장이 되는군요. 김철입니다."

"아, 유요한입니다. 얼마 전에 '그녀의 남자'에 나오셨던 분이시죠? 잘 봤습니다."

유요한 역시 분명 TV에서 본 얼굴이었다. 그러나 정확히 어디에 나왔는지 알 수 없었기에 본 장면으로 말할 수밖에 없었다.

"고맙습니다. 지난번 드라마에서 액션 연기가 멋지던데 무술을 배우셨나 봅니다?"

"아, 네, 고등학교 때까지 태권도를 했습니다. 요즘은 종합격투기를 틈나는 대로 배우고 있습니다."

유요한은 처음 볼 땐 내성적이라 생각됐는데 운동에 대한 얘기가 나오자 꽤 적극적으로 바뀌었다.

"철이 씨도 운동 많이 했죠? 손가락으로 물구나무 설 때 와이어를 사용한 줄 알았다니까요. 한데 출동 드림단에서 실제로 하는 모습을 보고… 와우! 주로 어떤 운동을 하세요?"

"가전무술을 어릴 때부터 해오고 있습니다."

"와! 정말요? 가전무술이라니, 대박! 혹시 오래 수련하면 침투경 같은 것도 가능합니까?"

"침투경?"

"내공의 일종으로 내기를 침투시켜 겉이 아닌 속을 망가뜨리는 기술이죠."

처음엔 '이 친구, 중국영화를 너무 많이 봤군.'이라는 생각이 들었다. 그러다가 '혹시?'라는 생각과 함께 염의 에너지가 남아

돌 때 한번 해봐야겠다고 바뀌었다.

"굳이 요한 씨 말대로 나누자면 외공이겠네요."

"혹시 괜찮다면 한번 볼 수 있을까요?"

"…지금요?"

"마지막 오디션이라 시간 좀 걸릴 겁니다."

워낙 간절한 눈빛으로 쳐다보니 다음에 한다고 할 수가 없었다.

자리에서 일어나 가볍게 가전무술을 펼쳤다.

"가전무술이라기에 중국무술처럼 동작이 큰 줄 알았는데 무슨 특공무술 같네요?"

"비슷해요. 세대가 흐르면서 계속 발전해 왔거든요."

"어떻게 운용되는지 좀 보여주시겠어요?"

"…그러죠."

앞서간 두 명의 오디션이 빨리 끝나길 바라야지 이 무술광이 스스로 얌전해지길 바라는 건 불가능해 보였다.

"이렇게 주먹을 휘두르면?"

"이렇게 연결되죠."

합을 맞추듯이 유요한이 뻗어오는 주먹을 잡으며 기술을 걸었다.

"조금 독특하네요. 공격적이라기 보단 방어적인 느낌이 드네요."

제압당한 상태에서 방어 운운하는 것이 웃기긴 했지만 틀린 말은 아니었다. 굳이 따지자면 방어적인 무술이었다.

지주였던 조상들이 누군가를 공격할 일이 얼마나 있었겠는

가. 그러다 보니 자연 방어적으로 발전해 온 것이었다. 하지만 생각해보면 방어적이냐, 공격적이냐는 무의미했다.

지금처럼 제압된 상태에서 때리면 되는 일이었다.

"…뭐하세요?"

유요한의 다양한 공격에 어떻게 방어하는지를 보여주는데 직원이 와서 묘한 눈빛으로 물었다.

킥을 할 때 파고들며 다리를 걸어 넘기는 동작이었지만 실제로 넘길 수 없었기에 멈췄는데 그때 딱 들어온 것이다.

"아! 오해하지 마십시오. 서로의 무술에 대해 교류를 하고 있었습니다."

"…오해하지 않습니다. 김철 씨, 따라오세요."

분명 오해하는 눈빛이었다.

"오디션 잘 보세요."

뭔가 아쉬운 듯 쳐다보는 유요한에게 마지막 작별 인사를 하고 재빨리 직원을 뒤따랐다.

"여기 앉아 기다리셨다가 안에서 참가자가 나오면 들어가면 돼요. 그리고 끝나시면 편하게 집으로 돌아가시면 됩니다."

"고맙습니다."

설명을 한 직원은 오디션장 맞은편 사무실로 들어가 간혹 내가 앉아 있는 곳을 보며 흘깃거리며 일을 했다.

멍하니 앉아 기다리는 것은 꽤나 심심한 일이었지만 대기실에서 유요한과 같이 있는 것보단 낫다는 생각을 하며 두리번거릴 때였다.

복도 한쪽 끝에서 여자가 나타났는데 옆모습을 얼핏 봤음에도 단번에 그녀가 누구인지 알 수 있었다.

'신유리!'

머리의 사분의 일을 차지하고 있던 첫 번째 인생의 기억이 심장을 뛰게 만들었다.

'미친놈! 이젠 네 심장이 아니니 꺼져 줘!'

바뀐 인생에선 아버지가 어머니의 죽음을 신의 힘을 빌리지 않고 스스로의 힘으로 극복할 수 있었기에 교회에 다니지 않으셨고, 그 덕분에 나 역시 교회 문턱을 넘은 적이 없었다. 그러다 보니 바뀐 인생에선 신유리와는 오늘 처음 만나는 사이었다.

그녀에게 딱히 감정은 없었다.

그녀의 입장에선 어쩌면 당연한 행동이었고, 나 역시 이미 한 번 퍼부은 상태였으니까 말이다.

다만 첫 번째 인생의 김철이 밤마다 꿈꿨던 상상 때문인지 몰라도 내 밑에서 헐떡이는 그녀의 모습을 보고 싶다는 생각이 들었다.

'쪽팔리게 굴지 마. 내가 여자였다고 해도 유리처럼 하진 못했을 거야.'

사악한 악당처럼 생각하는 내 자신을 다독이는 사이 신유리는 내 앞으로 다가왔다가 내가 앉아 있는 맞은편 사무실로 들어갔다.

그리고 그녀가 남기고 간 향수 냄새를 맡는 순간 내 인상이 와락 구겨졌다.

향수를 쓰지 않던 신유리가 어느 날부턴가 지금 맡고 있는 향수를 사용하기 시작했는데 그때부터 민종수와 사귀기 시작했다는 것이 내 생각이었다.

'민종수, 이 빌어먹을 개자식!'

향수가 연상 작용을 일으켜 애써 잊고 있던 민종수가 기억이 났다. 나도 모르게 이를 바득바득 갈며 눈에 띄면 가장 비참하게 만들어주겠노라고 생각할 때 누군가 내 어깨를 툭툭 쳤다.

"…! 미, 미안합니다. 바, 방해할 생각은 없었는데… 안, 안에서 들어오랍니다."

오디션장에서 나온 사내가 나에게 알려주려다 봉변을 당했다. 난 재빨리 정신을 차리고 사과를 했지만 사내는 상대도 하기 싫다는 듯 가버렸다.

"잘하는 짓이다. 무술광이랑 친해지고 멀쩡해 보이는 사람은 겁을 줘서 쫓아버리다니……."

망할! 이게 다 민종수 때문이다. 언젠가 오늘의 빚까지 갚겠다고 다짐을 하곤 오디션장 안으로 들어갔다.

평범한 사무실 한쪽에 박성명 감독을 포함한 다섯 명의 심사 위원들이 앉아 있었고, 난 그들이 잘 볼 수 있게 정면에 섰다.

인사를 하고 나자 박성명 감독이 말을 했다.

"반갑습니다. 일단 연기를 보도록 하죠. 대본은 저쪽에 있으니 사용해도 좋습니다. 가장 자신 있는 부분을 해보세요."

"페이지 130쪽, 신 35를 연기해보겠습니다. 그리고 대본 대신 이 장난감 권총을 사용하도록 하겠습니다."

총을 분해하며 대화를 나누는 신으로 딱히 특별할 것이 없는 장면이었다. 그러나 내가 맡을지 모르는 역인 '트로이'를 좀 더 돋보이게 해주는 곳이 바로 이 장면이라고 생각했다.

"대본을 보지 않는다고 가산점이 있는 것 아닙니다."

"연기에 방해가 되어서 안 볼 뿐입니다. 여기에 서서 해도 되겠습니까?"

"그래요. 상대역은 내가 맡죠."

난 장난감 총을 분해해서 책상에 펼쳐놓고 연기를 시작했다.

"맞아요, 혹자들은 선택을 자신들이 한다는 착각을 하죠. 이미 누군가에 의해 결정된 걸 모르고 말이죠."

"나에 의해 결정되어서 싫다는 말인가?"

각본을 쓴 감독답게 연기가 나쁘지 않았다.

"아뇨, 이미 결정된 일을 거부하는 건 옳은 선택이 아니죠."

"그럼, 네가 생각하는 옳은 선택은 뭐지?"

"결정된 일을 의지를 갖고 하느냐, 마느냐죠. 하겠습니다! 제 의지로!"

말이 끝남과 동시에 총의 조립을 끝내고 상대역이었던 감독에게 총을 겨눴다.

"…총 조립을 꽤 잘하는군요."

약간의 침묵, 그 침묵을 깨고 박성명 감독은 담담하게 말했다. 그러나 난 그전에 그의 눈에 이채가 발했다가 사라지는 걸 놓치지 않았다.

보기엔 쉬운 장면이라고 할 수 있겠지만 대화가 끝나는 시점에 정확히 맞추어 조립을 끝내는 건 그리 쉬운 일은 아니었다.

다시 요구대로 연속해서 두 신을 더 연기했다.

"인상적이긴 한데, 다른 사람들에 비하면 꽤 담담하게 연기를 하는 것 같은데 의도된 겁니까?"

감독 옆에 앉아 있던─이유를 알 순 없었지만 들어올 때부터 꽤나 호의적인 눈빛을 보내던 중년 사내가 역시나 호의적이라고 볼 수밖에 없는 질문을 던졌다.

"건방진 말일지 모르나 대본을 보고 제가 연기하는 트로이 역은 이 정도면 충분하다고 생각했습니다."

"그렇게 생각한 이유가 뭡니까?"

"글쎄요, 그냥 딱 이 정도라는 느낌 때문이었습니다."

"역할이 늘어난다면 뚜렷하게 바뀔 수 있다는 말처럼 들리는군요?"

"예, 자신 있습니다."

"알겠습니다."

이번엔 좌측에 있는 남자가 물었다.

"취미란에 보면 미래 분석이라고 되어 있는데 미래 분석은 뭘 말하는 겁니까?"

내가 작성한 프로필을 본 이민기 상무는 독특하고 눈에 띄는 것이 없다며 비슷하지도 않은 성대모사를 가르치려 들었다.

그래서 성대모사에서 벗어나기 위해 나름 머리를 짜서 적은 것이 미래 분석이었다.

"흔히 과거와 지금을 보면 미래를 알 수 있다고 말합니다. 그 말처럼 분석을 통해 미래를 예측하는 겁니다."

"통계학의 일종인가요? 하여간 재미있는 취미군요. 그럼 김철 씨가 생각하기에 이번 대도의 관객수는 몇 명이나 될 것 같습니까?"

내 기대를 벗어나지 않는 질문이 나왔다.

심사 위원 다섯 명 모두가 흥미진진하다는 듯 날 바라보고 있었고, 난 잠깐 생각을 하는 듯하다가 입을 열었다.

"감독님의 전 작품들의 관객수와 이번 대본 등을 보고 분석한 결과… 천만입니다."

천만 명이라는 내 말에 심사 위원들은 일순 말문을 열지 못했다.

"허허허! 김철 씨의 분석대로 된다면 좋겠군요."

"그러게 말입니다. 하긴 이젠 박 감독님도 천만 감독이 될 때도 되었죠."

남녀노소 상관없이 칭찬을 싫어하는 사람은 드물었다. 심사 위원들도 예외는 아니었다. 다들 훈훈한 미소를 지으며 덕담을 이어갔다.

그러나 시간이 지나면 칭찬의 저의에 대해 의심하는 이도 생기게 마련이었다. 일반적인, 서로가 동등한 상태라면 속으로 생각하겠지만 지금은 심사 중이었다.

분위기가 조금 자자들자 박성명 감독이 입을 열었다.

"어떤 식으로 분석하는지 모르지만 지금 한 말에 대해 확신합니까?"

"네, 확신합니다."

"그럼 다르게 묻죠. 만일 김철 씨가 투자자라면 이번 영화에 투자를 하겠습니까?"

"제가 얼마 전에 종갓집에서 유산으로 5억을 받았습니다. 그 정도도 투자가 가능하다면 지금 당장에라도 하겠습니다."

"정말입니까? 원금 손실이 클 수도 있습니다."

"전 제 분석을 믿습니다. 오히려 감사하게 투자를 하겠습니다."

박성명 감독이 어떤 생각으로 묻는지 모르지만 투자를 할 수 있다면 전 재산이라도 투자할 자신이 있었다.

워낙 자신 있게 얘기하자 박성명 감독도 더 이상 할 말이 없는 듯 어깨를 으쓱하며 한 발 물러났다.

"어디서 나오는 자신감인지 모르지만 왠지 저 역시 김철 씨 말을 믿고 싶군요. 어쨌든 마지막으로 묻겠습니다. 김철 씨가 '트로이' 역을 맡게 된다면 어떻게 하실 생각입니까?"

"천만을 천백만으로 바꿀 수 있도록 만들겠습니다."

"이거 은근히 부담을 주는 친구군요. 다른 질문할 분들이 없다면 심사는 여기까지 하죠. 결정되면 연락 주겠습니다. 수고했어요."

"수고하셨습니다."

장난 식으로 적어둔 미래분석이 득이 될지 실이 될지는 두고 봐야 할 일, 일단 오디션이 끝났다고 생각하니 마음은 한결 편했다.

"참! 투자 관련 전화를 할지도 모릅니다."

"어느 쪽이든 기다리겠습니다."

나가려는데 박성명 감독이 농담처럼 말했고, 난 웃으며 대답을 하고 밖으로 나왔다.

　　　　*　　　　　*　　　　　*

　상수는 내가 던져준 과제를 근 일주일 만에 알아내곤 전화를 했다.

　"자! 이게 네가 찾는 그 자료다."

　난 상수에게 석판식을 죽일 때 얻은 수첩을 건넸다.

　굳이 위험을 감수할 가치가 있는지 고민도 있었다. 하지만 혼자서 모든 일을 할 수는 없었고 같이할 사람이 필요하다면 그나마 믿을 만한 상수가 낫겠다는 생각에서였다.

　"이게 바로 경찰에서 찾는 돌핀파 성매매 관련자들의 자료라는 말씀입니까? 한데 형님이 이걸 어떻게……."

　"운이 좋았다. 돌핀파를 관리하던 변호사에게서 얻은 것이니 틀림없을 거다."

　"…감사합니다, 형님!"

　수첩을 구한 이유가 다소 옹색했지만 상수는 어떤 의문도 표하지 않았다. 다만 어렴풋이 느끼는 것이 있는지 심각한 표정으로 대답했다.

　"어떻게 써야 할지는 설명하지 않아도 되겠지?"

　"물론입니다. 다 갖다 바치는 건 바보나 하는 짓이죠. 뒷배가 되어줄 유력 인사 몇 명은 빼고 넘기도록 하겠습니다. 그리고 형님에게 경찰이 찾아가는 일은 절대 없도록 하겠습니다."

　"완전히 자리 잡았다는 소문이 들리면 부탁할 것도 있으니 한번 찾아가마."

"그러십시오. 근데 오늘 멋지게 양복을 입으셨는데 어디 가십니까? 석훈이 형님까지……."

상수는 창밖에 서 있는 차안에서 손을 흔들고 있는 석두를 보곤 말했다.

"친구 생일파티."

"연예인이죠? 우와! 부럽네요. 저도 다 때려치우고 형님이나 쫓아다닐 걸 그랬나 봐요."

"너도 이참에 손 씻고 나랑 다닐래? 니가 그렇게 한다면 명진이가 무척 좋아할 거다."

"헤헤! 그냥 하는 말이죠. 시작한 지 얼마나 됐다고요. 그럼 재미있게 보내십시오."

"조심해라. 항상 등을 보이는 순간 잡아먹힌다고 생각하고 움직여라."

마지막 충고를 하고 밖으로 나와 차에 올랐다.

"잘 끝나셨습니까?"

석두는 매니저 임병호가 있어서 두루뭉술하게 물었고, 난 고개를 끄덕이는 걸로 대답을 대신했다.

더 묻기가 불편했는지 석두는 화제를 바꿨다.

"근데 생일 파티에 예쁜 애들 많이 오겠죠?"

"글쎄다 나도 처음이라……."

최정연의 생일파티에 간다고 하자 석두는 가고 싶어 했다. 딱히 거절할 이유가 없었고 그동안 묵묵히 매니저 일을 해온 그와 즐거움을 같이하고자 데려왔다.

"방해하시면 안 됩니다."

"제발 유부녀만 찍지 마라."

석두와 간혹 클럽에 놀러가서 여자를 꾀곤 했는데 어찌 된 일인지 석두가 찍으면 꼭 유부녀였다. 그 때문에 문제가 된 적이 몇 번 있었다.

어쩌면 엄마라는 존재에 대한 갈증 때문에 본능적으로 유부녀에게 이끌리는지도 몰랐다.

"이번에는 절대 아닐 겁니다."

"할 수 있는 분위긴지 어떤지 모르겠지만 부디 그렇게 되길 바란다."

석두와 티격태격하는 동안 차는 서울을 벗어나 한적한 컨트리클럽 입구에 이르렀다.

"초대장을 보여주십시오."

입구를 봉쇄하고 있던 경호원의 말에 최정연에게 받은 초대장을 보여줬다.

초대장을 이상하게 생긴 장치로 스캔을 하던 경호원은 고개를 끄덕였고 그제야 바리케이드가 치워졌다.

"오! 입구부터 장난 아닌데요."

"그러게 말이다……."

최정연이 아무래도 나에게 말하지 않은 것이 있는 것 같았다.

잘 닦인 산길을 올라가던 차 앞에 또 다른 바리케이드가 나타났다. 다시 한 번 초대장 검사를 하고 조금 더 올라가자 넓은 잔디밭 한쪽에 여러 채의 건물이 군락을 이룬 듯한 커다란 건물이 보였다.

"휘익~ 어마어마하네요."

석두는 가볍게 휘파람을 불며 감탄을 표해냈다.

그의 말처럼 각양각색의 조명을 받으며 서 있는 건물 앞에는 비싸 보이는 외제 차들이 서 있었는데 흔히 연예인 차라고 불리는 밴도 상당했다.

"가자."

화려함에 기가 죽을 이유는 없었다.

어렴풋하지만 염일 때 난 시대별로 다양한 파티를 경험했고, 개중엔 지금보다 몇 배나 더 화려한 파티도 많았었다.

건물 입구에서 마지막 초대장 검사를 받고나서 안으로 들어가자 건물을 울리는 음악 소리가 은은하게 들려왔다.

"흐흐흐! 심장을 울리는 소리네요."

복도를 따라가면 됐기에 헤맬 이유는 없었다.

복도의 끝은 두 곳으로 갈라져 있었다. 한쪽은 클럽처럼 즐기는 곳이었고 다른 한쪽은 스탠딩 파티를 하고 있었는데 그곳에 최정연이 있었다.

"어디로 갈 거냐?"

"전 당연히 시끄러운 쪽이죠."

"그럼 나중에 보자."

"내일 아침에 봬요. 흐흐흐!"

석두는 손을 흔들곤 클럽으로 들어갔다.

"이번엔 유부녀가 아니길 빈다."

나는 이미 닫혀버린 문을 보며 중얼거린 후 최정연이 있는 곳으로 들어갔다.

내가 안으로 들어가자 최정연은 사람들과 얘기를 끝내곤 다가왔다.

몸매가 드러나는 은백색의 원피스를 입은 최정연은 오늘 따라 유독 예뻤다.

"어서 와."

"생일 축하해. 선물은 어제 보냈는데 받았는지 모르겠다."

"봤어. 예쁜 그림이더라. 침대 맡에 걸어뒀는데 오늘 밤에 확인해 봐."

"손님 접대하기 바쁠 것 같은데?"

"전혀. 두 시간 정도만 더 있으면 돼. 꼭 인사를 해야 할 사람들이 있거든."

"천천히 해도 돼. 그동안 난 이곳저곳 구경이나 하고 있을게."

"…같이 있어도 돼. 사람들 소개해 줄게."

"무리하지 마. 이해하니까. 오늘 정말 예쁘다."

최정연이 나와의 관계가 사람들에게 알려지길 바라지 않는다는 건 약간의 거리를 두고 조용히 얘기하는 행동으로도 충분히 알 수 있었다.

나 역시 알려지길 바라지 않았으니 기분 나쁠 것 없었다.

최정연과 인사를 한 난 양주잔을 들고 입구 반대편에 있는 문으로 향했다.

문을 지나자 이번엔 편해 보이는 의자들이 놓여 있는 방이 나왔다. 어두운 조명 속에 담배를 피우는 남녀들이 삼삼오오 모여 뭔가를 속닥이고 있었다.

난 발걸음을 멈추지 않고 계속해서 다음 방으로 이동했고,

분위기가 다른 두 개의 방을 더 지나자 건물과 건물 사이에 있는 정원이 나왔다.

정원에도 드문드문 사람들이 있긴 했지만 다소 쌀쌀한 날씨 때문인지 입구 근처에만 있을 뿐 안쪽에는 인기척이 없었다.

"예전엔 북적이는 것이 좋았는데 요즘은 이런 곳이 더 마음이 편해지는군."

파티를 즐기는 거보단 벤치에 앉아 하늘을 보는 것이 훨씬 좋았다.

들고 있던 술잔을 비우고 바닥에 깔린 자갈을 하나 들어 중지 위에 올렸다. 그리곤 방아쇠를 당기듯 검지를 천천히 움직였다.

요즘 라이플로 사격연습을 하고 있는데 좀처럼 타깃을 맞추기가 쉽지 않았다.

스나이퍼가 나오는 영화를 보면 지나가는 바람의 세기까지 고려해야 한다는데 총알이 다 떨어질 때까지 연습을 해도 가능할지는 미지수였다.

'유명한 스나이퍼의 기억을 읽으면 한결 편할 텐데……'

염의 에너지가 넘친다면 분명 그랬을 것이다. 그러나 염의 에너지를 모으기가 쉽지 않았다.

그나마 다행인 건 오늘 아침에 염의 에너지를 채우는 규칙 몇 개를 발견하게 되었다는 것이다.

박성명 감독 '대도'에 5억을 투자하고 과감하게 남아 있던 사천만 원을 불우이웃돕기에 성금을 했는데 달랑 10일치의 에너지가 차는 게 다였다.

근데 웃기는 건 그 다음날 100만 원을 성금 했더니 5일치의 에너지가 찼고, 그날 오후에 10만 원을 했더니 이틀 치의 에너지가 찼다는 것이었다.

이에 두 가지의 가설을 세울 수 있었다.

같은 일을 반복하면 얻을 수 있는 에너지가 절반이라는 것과 돈의 크기완 전혀 상관이 없다는 것이었다.

4,110만 원을 투자해서 얻은 가설치고는 참으로 보잘 것이 없었다.

한데 오늘 오전에 난 TV를 보다가 외국의 가난한 아이에게 월 3만 원으로 후원을 해주는 프로그램을 봤고, 혹시나 싶어 결재를 했는데 얼토당토않게 한 달 치의 에너지를 얻을 수 있었다.

그리고 놀라움에 두 계좌를 더 텄는데 역시나 각각 보름, 일주일 치를 얻게 되었다.

그 순간 결재를 하고 난 뒤 들려왔던 '한 아이의 인생을 바꾸셨습니다.'라는 말이 내 머리를 강타했다.

난 새로운 가설 하나를 세울 수 있었다. 아니, 본능적으로 가설이 아닌 사실임을 알 수 있었다.

누군가의 인생에 미치는 영향에 따라 얻을 수 있는 에너지의 양이 크다는 사실 말이다.

덕분에 어떻게 에너지를 채울지에 대한 계획은 확실해졌다.

"어떻게 하면 가운데 손가락을 잘 날릴지 연습을 하는 건가요?"

너무 생각이 깊었나보다.

어느새 맞은 편 벤치에 여자가 앉아 있었다.

"아, 이거요? 하하하… 그렇게 보일 수도 있겠네요."

"그렇다고 나한테 뻗지는 말아줄래요?"

난 들어 올렸던 손을 재빨리 뒤로 감췄다.

'그나저나 목소리가 어디선가 들어본 것 같은데… 내가 아는 사람인가?'

그녀가 앉은 벤치 뒤로 가로등이 있어 얼굴이 절묘하게 보이지 않았다.

그녀는 담배를 길게 내뱉으며 말을 이었다.

"후우~ 파티를 좋아하지 않나 봐요?"

"좋아했는데 나이가 들어서인지 별로네요."

"피이~ 나이도 어려 보이는데 노인 같은 소리를… 친구가 없는 건 아니고요?"

"아니라고는 말을 못하겠네요."

익숙한 목소리라 잠깐 관심을 가졌으나 계속 듣다 보니 착각이라는 생각이 들었고, 곧 관심이 없어졌다.

"즐담하고 파티나 즐겨요. 전 술이나 한 잔 더 해야겠어요."

난 벤치에서 일어나 걸음을 옮겼다.

"친구가 없다면 친구 해줄 수도 있는데… 내가 앉은 벤치 뒤로 들어가면 무슨 짓을 해도 보이지 않는 곳이 있는데……."

명백한 유혹이었다.

으슥한 나무숲에서 하자(?)는 꽤나 자극적인 말이었지만 처음 보는 사람과 할 만큼 굶주리진 않았다.

"다른 사람 찾아보세요. 전 노인이라 힘이……."

정중하게 거절하려고 돌아서던 난 각도 때문에 보지 못하던 그녀의 얼굴을 볼 수 있었다.

'류성은!'

과거 정략약혼을 했었던 그녀가 방긋 웃는 얼굴로 날 바라보고 있었다.

제8장

인연? 악연?

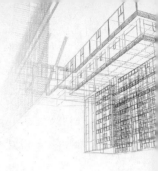

"왜요? 남자는 숨넘어가기 전까진 열 여자 마다하지 않는다고 하던데 내 말이 틀렸나요?"

살짝 한 걸음 다가오는 류성은의 모습에 난 한 걸음 뒤로 물러나며 정신을 차렸다.

의외의 만남에 약간은 반갑기도 했지만 이미 존재하지 않는 시간대를 기억하는 나만의 생각일 뿐이라는 걸 깨달았다.

"남자에 대한 불신이 꽤 깊은가 보네요. 그런 사람이 어설픈 유혹이라니… 내가 남자가 아님을 증명하고 싶은 건지, 열 여자 마다하지 않는 남자임을 증명하고 싶은 건지 모르지만 그만하죠."

"…어떻게 알았어요?"

"입은 유혹을 하는데 눈은 차가웠고, 몸은 잔뜩 굳어 있었어요."

"배우라고 들었는데 심리학을 배웠나요?"

"아뇨. 그건……."

"어라? 날 알고 있었군요?"

나를 이리저리 살펴보던 류성은은 뜬금없는 소리를 했다. 한데 그 모습이 마치 확신을 하는 듯했다.

'사람을 많이 상대하는 직위에 있어서인가?'

"네, 친구 분과 함께 찍은 사진을 봤습니다."

"아! 역시 그렇구나… 내 유혹을 거절할 수 있었던 것도 그때문이었군요?"

과거를 바꾸면서 어떤 요인이 류성은의 머리를 건드렸나 싶었다. 아니면 내가 본 모습이 그녀의 가식적인 면이었거나.

"몰랐어도 거절했을 겁니다."

"거짓말!"

"진짭니다. 남녀 사이에 친구가 없다고 생각하지만 오늘부로 그 생각이 바뀔 정도니까요."

"다들 그렇게들 말하죠."

"아, 네… 그럼 난 술이나 폭풍 흡입하러."

남자혐오증 환자에게 백날 설명해 봐야 입만 아팠다.

난 류성은을 무시하고 정원을 벗어나 푹신한 소파가 있는 방으로 향했다.

"언더로 한 잔… 아니, 그냥 병째로 주세요."

"앉아 계십시오. 테이블로 가져다드리겠습니다."

비어 있는 좌석에 앉자마자 직원이 와 세팅을 했다.

"잔은 몇 개나?"

"하나면……."

"두 잔으로."

류성은이 떡하니 맞은편에 앉으며 말했고, 직원은 두 개의 잔을 만들어준 후 자리를 떠났다.

"나한테 관심 있습니까?"

서로 질색하는 사이에 써먹기 좋은 말이었다.

"약간요. 하지만 그런 쪽은 아니에요."

"그럼 어떤 쪽?"

"좋아요. 말이 나왔으니 확실하게 말하죠. 무슨 의도로 정연이를 만나는지 몰라도 그만 만나는 건 어때요?"

"글쎄요? 의도가 없다고 할 수는 없지만 아주 원초적인 의도라고 말하고 싶군요."

"원초적인 의도라……?"

"손을 잡고 싶고, 키스를 하고 싶고, 같이 밤을 지새우고픈 그런 의도죠. 그리고 헤어지고 만나는 건 나나 정연이가 결정할 테니 친구 분께서는 조금 고깝겠지만 한 발 물러나서 보시죠."

"싫은데요. 난 제 친구가 좋은 사람과 만나길 바라요. 원초적인 의도보단 순수한 의도를 지닌."

술을 홀짝홀짝 마시며 하는 류성은과의 대화는 그리 기분 나쁘지 않았다. 아니, 오히려 시간을 보내기엔 적당히 재미있었다.

"정연이라면 순수한 의도를 지닌 남자를 당연히 만날 겁니다. 참! 오해하고 있는 것 같아 말하는데, 우린 아직까진 친구 사이일 뿐입니다."

"흥! 친구 사이에 그런… 어쨌든 친구 사이라니 헤어지더라도 아쉬울 것이 없겠네요."

"그런가요? 그럼 한 가지 물어볼게요. 정연이 같은 여자가 흔할까요?"

"흔하겠어요? 내 친구라서 하는 말이 아니라 세상에 개처럼 예쁘고 마음 착한 애는 없을 거예요. 반드시 좋은 남자를 만나 행복해야 한다고요."

류성은 진심이라는 듯 진지하게 말했고 난 그런 그녀의 모습에 빙긋 웃다가 그녀의 뒤를 향해 말했다.

"그렇다는데?"

"에? 지금 누구한테 말하는……!"

류성은 내가 바라보는 곳으로 고개를 돌렸고 팔짱을 낀 채 서 있는 최정연을 발견할 수 있었다.

"왜 이렇게 늦나 했더니 여기 있었구나? 사랑하는 내 친구가 그렇게 날 그렇게 생각하고 있다니 무척 기쁘네. 근데… 이 기집애야! 친구의 연애를 도와주질 못할망정 방해를 해?"

"아야! 방해를 하는 게 아니라……."

"그럼, 도와주는 거니? 한두 번도 아니고 정말이지 너 때문에 내가 미친다, 미쳐!"

토닥거리는 두 사람을 보며 난 모른 척 술을 마시며 진정되길 기다렸다.

"이 기집애가 다른 장난은 안 쳤어?"

어느 정도 진정이 되었는지 류성은 옆에 앉은 최정연이 물어왔다.

"별로. 유혹을 하긴 하던데……."

"유혹? 어휴! 내가 너 때문에 못 산다, 못살아!"

류성은이 말하지 말아달라는 신호를 보냈지만 무시를 했고, 그녀는 최정연의 손바닥 어택을 몇 번 더 당해야 했다.

"미안. 얘가 장난기가 많아서"

"괜찮아. 근데 궁금해서 그런데 정말 내가 숲으로 따라갔으면 어떻게 하려고 했습니까?"

"어떻게 되긴 지금쯤 병원에 누워 있겠지."

대답은 최정연에게서 나왔다.

"얘가 보기엔 비리비리해 보여도 속은 얼마나 알차… 아! 이게 아니지. 엄청 강해. 웬만한 남자들 한 트럭이 와도 다 무찌를 수 있을 정도야."

"에이, 설마……?"

"한판 할까요? 어떤 책임도 묻지 않기로 하고요. 뭐, 병원비는 내줄 수 있어요."

류성은이 날 도발했다.

"이게 증말! 이젠 공식적으로 병원에 보낼 생각이니? 믿기지 않겠지만 하여간 얘랑은 상종을 하지 마. 그게 만수무강하는 법이야."

"응, 그렇게."

"사내대장부가 그렇게 쫄면 안 되지 않나요?"

또 다시 도발.

하지만 득 되는 것 없는 싸움은 절대 사양이었다.

"그냥 힘없는 노인이라고 생각해주세요."

"호호! 다음에 만나면 에로 영감이라고 불러드리죠."

"하하! 다행이네요. 다음에 만날 일이 없어서."

"왜 만날 일이 없어요? 정연이랑 친하게 지내면 나랑도 만나게 될 거예요."

"친구의 친구는 친구다. 뭐 그런 의미입니까?"

"뭐, 비슷해요."

"그럼, 말 틀까?"

"싫은데요! 내가 왜 너랑 말을 틉니까?"

"그럼 볼 일이 없겠네요, 류성은 씨."

"꼭 보게 될 거예요, 김철 씨! 나 열 좀 식히고 올게. 오늘 따라 왜 이렇게 열이 받니."

남아 있는 술을 벌컥벌컥 마시고 일어나 쌩하니 가버리는 모습에 피식 웃음이 나왔다.

최정연은 그런 나를 이상하다는 듯 바라보았다.

"왜?"

"오늘 해가 서쪽에서 떴나 싶어서. 지금까지 쟬 상대한 남자들이 방금 쟤처럼 뛰쳐나가거나 병원에 실려 갔었거든."

"찔리는 게 있어서겠지. 근데 설마 내가 그렇게 되길 바라고 부른 건 아니지?"

"아냐! 내가 왜 입구에서 계속 서 있었겠어? 혹시나 성은이, 쟤가 너한테 그럴까봐 지키고 있었던 거야."

"그렇다니 다행이다. 그리고 날 원하지 않게 된다면 언제든 말만 해. 질척대지 않고 조용히 사라져 줄게."

"…으, 응. 그, 그래."

"일 보고 와. 난 같이 온 동생 뭐 하고 있는지 보고 놀고 있을게."

석두는 핑계였다.

류성은에게 과거의 인연 말고 뭔가가 더 있음을 어렴풋이 느껴졌는데, 그것이 무엇인지 생각할 시간이 필요했다.

$$*\qquad*\qquad*$$

류성은은 3층 테라스에 앉아 와인을 마시고 있었다.

"으~ 뺀질이 녀석! 한판 하자고 했으면 박살을 내놓는 건데."

벌컥벌컥!

잔 가득 따라놓은 와인을 단숨에 들이켰다.

그녀는 평소 몇 병을 마셔봐야 취하지 않는 와인을 좋아하지 않았지만 화를 가라앉히기 위해서 마셨다.

생각해 보면 김철이 딱히 미운 짓을 한 것은 없었다. 또한 자신의 유혹도 잘 이겨내지 않았던가. 한데 막상 자신이 정해둔 최정연의 남자 친구 기준을 통과해 버리자 왠지 모를 화가 난 것이었다.

"아! 그 자식! 정연이를 정말 엔조이한 상대로 만나고 있는 거야."

한 병을 거의 다 마셨을 때쯤 류성은은 자리에서 벌떡 일어나며 소리쳤다.

그녀에게는 가장 친한 최정연에게까지 말하지 않은 비밀이 있었는데 바로 다른 사람들이 생각하는 것을 때론 어렴풋이, 때론 확실하게 알 수 있다는 것이었다.

두 번째 납치를 당한 다음부터 갑자기 생긴 능력으로 김철이 자신을 알고 있다는 것도 능력을 통해서 알게 되었다.

다른 사람들에 비해서 다소 생각을 읽기 힘든 상대였지만 얘기를 하면서 틈틈이 흘러나오는 생각을 읽은 결과 최정연에게 뭔가를 바라고 만나는 것이 아님을 알게 되었다.

이쯤 되었으면 괜찮은 남자라고, 잘 사귀라고 축복을 해줬어야 옳았다. 한데 그러지 않고 오히려 화가 나서 자리를 떴는데, 곰곰이 생각해 보니 이유를 알 것 같았다.

"에로 영감! 정연이 눈에 눈물만 나오게 해봐. 아주 가운뎃다리를 못 쓰게 만들어버릴 테니까."

류성은은 난간을 붙잡고 아래 파티장을 향해 고래고래 고함을 질렀다.

친구 최정연을 이용하려는 인간들도 싫었지만 별것도 아닌 게 무시하는 것도 싫은 복잡함 마음을 떨치기 위함이었다.

짝!

등판에서 따끔한 고통이 느껴짐과 동시에 최정연의 으르렁거리는 소리가 들려왔다.

"류성은! 친구라고 비밀을 말해 줬더니 아예 동네방네 소문을 내고 다니라, 응!"

"와, 왔어? 누가 소문을 냈다고 그래? 지금 여기서 고함지른다고 밑에 들리기나 하겠어?"

"임금님 귀는 당나귀라는 책을 못 읽어봤니? 니가 가고 난 다음 바람이 불면 에로 영감과 내가 사귄다고 잔디가 말하겠다."

"설마 그렇게까지……."

"하여간 두 번 다시 내가 너한테 남자 얘기하면 내가 미친년이다."

"원래 미쳤잖아? 아, 아냐, 앉아."

눈을 흘기는 모습에 꼬리를 내린 류성은은 새로운 와인을 따서 최정연에게 한 잔 따라줬다.

멍하니 앉아 먼 하늘만 바라보고 있는 최정연을 보던 류성은은 진심으로 사과를 했다.

"약속을 깨고 또다시 테스트를 해서 미안해."

"아냐. 네가 그럴 줄 빤히 알고 있었는데, 뭘. 솔직히 나도 네가 테스트해 주길 은근히 바라고 있었어. 언제부터인지 남자들을 못 믿게 됐거든."

"그것도 미안."

류성은도 최정연의 남자 의심증이 자신 때문에 생겼다는 걸 알고 있었다.

처음부터 그럴 생각은 없었다.

삼 년 전, 최정연이 사귀려고 하는 남자라고 데려왔는데 남자의 생각을 읽은 류성은은 남자가 최정연의 배경을 이용하려 든다는 걸 알게 되었다.

그래서 오늘 김철에게 한 비슷한 방법으로 남자를 함정에 빠뜨렸는데 최정연이 그 장면을 직접 목격하면서부터 그녀의 의심증은 시작됐다고 할 수 있었다.

"날 위해서 했다는 거 알아. 사실 너한테 소개하지 않은 애들도 몇 명 됐었는데 결과적으로 보면 대부분 뭔가를 바라고 접근했더라고."

"……."

"그러고 보면 넌 옛날부터 유독 사람들의 마음을 잘 읽었었어. 남자를 싫어해서 그런 건가 생각한 적도 있었는데 내가 원하는 것도 척척 해주는 걸 보면 그런 건 아닌 것 같고… 곰곰이 생각해 보면 사람을 꿰뚫어 보는 능력 같은 것이 있는 것 같기도 해."

"의심하는 버릇 때문일 거야. 사람을 많이 만나서 그런 것도 있고."

누군가가 자신의 생각을 읽는다고 하면 처음엔 신기할지 모르나 나중엔 두려워하게 마련이었다.

류성은은 그걸 알기에 적당히 얼버무리는 것으로 대답을 대신했다.

하나뿐인 친구를 잃고 싶지 않았다.

"그랬구나. 그럼, 네가 보기에 김철은 어때니? 네 테스트를 통과한 유일한 사람이잖아."

류성은은 담담하게 그에 대해서 묻는 최정연에게 조금 전 자신이 알게 된 것을 차마 얘기할 수가 없었다.

왜냐하면 옆에서 자신을 바라보고 있는 최정연의 생각이 전해졌는데 그건 좋아한다는 감정을 넘어서는 감정이었기 때문이었다.

그저 에둘러서 얘기하는 다였다.

"비아냥거리는 말투에 성격이 차갑고 뭔가를 숨기고 있는 듯한 음침한 구석이 있다는 걸 제외하곤 나쁘지 않아. 딱히 너한테 바라는 게 있는 것 같지도 않고, 인물도 어디 가서 빠지진 않고."

"칭찬인지 욕인지 구분이 안 가지만 어쨌든 지금까지 들어본 평 중 가장 나은 걸 보니 괜찮나 보네."

"응. 다만……."

"다만?"

"너무 좋아하지 마. 사랑은 많이 사랑하는 사람이 지는 게임이야."

"풉! 살다 보니 너한테 사랑에 대해 충고를 듣게 되는구나. 그런 면에선 내가 몇 수 위니까. 걱정 마. 깔깔깔! 생각할수록 웃기다. 깔깔깔!"

류성은은 최정연과 함께 웃을 수가 없었다. 깔깔거리고 웃는 그녀가 마음 한구석으로는 불안해하고 있음을 알 수 있었기 때문이었다.

'내가 도와주면 돼. 정연이가 버리기 전까진 결코 먼저 떠날 수 없게 하면 되는 거야.'

류성은은 김철이 있는 파티장을 보며 묘한 전의를 다졌다.

*　　　*　　　*

오싹!

갑자기 등을 타고 내리는 오싹한 기분에 몸을 부르르 떨었다.

"큿! 감기 기운이 있나?"

소름이 난 팔을 슥슥 문지르며 다시 건물 안으로 들어갔다. 그리곤 가장 조용한 방구석으로 가 의자에 몸을 묻고 류성은에 대해 기억해낸 것을 정리했다.

손자인 김경호는 논문에서 나라를 망친 사람들을 조사해 정리를 했었다.

한데 논문에 적지 못한, 머릿속으로만 기억하고 있던 인물들도 있었다.

김경호가 있던 시대의 권력자들로 대부분 나라를 팔아먹는데 일조를 한 사람들이었다.

그중 가장 대표적인 매국노가 한일합병 문서에 사인을 당시 대통령이었던 민수혁이었는데, 놀랍게도 민수혁의 어머니는 바로 류성은이었다.

'죽여야 하나?'

류성은이 없다면 민수혁도 존재하지 못할 터였다.

그러나 곧 고개를 저었다.

김경호는 논문에서 미래의 합병의 경우 국민의 반대가 없을 정도로 자연스럽게 이루어졌다고 언급하면서 대부분이 과거에서부터 쌓여온 것이 2090년도에 터진 것뿐이라고 말하고 있었다.

즉 민수혁은 시대의 요구에 의해 어쩔 수 없이 나타난 매국노라고 생각하고 있었다.

'일단은 C급으로 분류하자.'

A급은 반드시 죽여야 할 인물, B급은 어떻게든 인생을 바꿔

야 하는 인물, C급은 바뀌는 미래를 지켜보고 결정할 인물이었다.

"여기 있었네?"

생각을 정리하고 있을 때 최정연과 류성은이 내 쪽으로 다가왔다.

"조용히 생각할 것이 있어서."

"파티는 즐기라고 열었지, 생각하라고 연 건 아닌 것 같은데 말이야?"

류성은은 여전히 날선 목소리이긴 했지만 최정연에게 한소리 들었는지 한풀 꺾인 모습이었다.

"음침한 곳에 가서 여자라도 꼬실 걸 그랬나? 그래야 파티를 제대로 즐기는 거지, 성은아?"

"성은아? 이게 날 언제 봤다고……."

"둘 다 시끄러워! 철이, 넌 아까 일에 대해 기분이 나쁘다는 건 알겠는데 그만 좀 비아냥대고, 성은이, 넌 사과하러 왔으면 사과나 해!"

최정연이 빽 고함을 쳤고, 나와 류성은은 더 이상 투덕거릴 수가 없었다.

"미안. 아까 내가 장난이 심했어."

"괜찮아. 그 정도 장난쯤이야 친구끼리 할 수도 있지. 안 그래?"

"그, 그렇지. 근데 친구하기엔 너무 빠르다고 생각하지 않니?"

"전혀. 정연이랑은 반말하고 너한텐 존대하면 불편하잖아. 그러니 손해 보는 것 같아도 이해해야지."

"…마치 니가 손해 본 것처럼 말한다?"

"하하하! 친구 사이에 누가 손해면 어때? 자자, 자리에 앉아. 내가 술 가지고 올 테니 한잔씩 하자."

난 최정연이 앉을 의자를 빼준 후 술을 가지고 가기 위해 돌아섰다.

"누군 춘향이고 누군 향단이니? 왜 이 친구 의잔 빼주고 내 의잔 안 빼주는데?"

하여간 사사건건 시비다. 정말 과거가 바뀌면서 머리를 다친 게 분명했다.

"넌 남자 싫어하잖아."

"……!"

아! 실수다.

놀리는 재미에 잠깐 긴장의 끈을 놓쳤나 보다. 이럴 땐 모른 척하고 튀는 것이 최고였다.

뒤에서 류성은이 부르는 소리가 들렸지만 못들은 척 술을 가지러 갔다. 그러나 그 잠깐 사이 일을 잊을 만큼 류성은이 바보는 아니었다.

"내가 남자를 싫어한다는 건 어떻게 알았을까?"

"…분석이지."

"오호라~ 분석?"

"정연이 너도 잘 알잖아. 내가 분석 잘하는 거."

"품! 오디션 장에서 말한 미래 분석? 아……!"

최정연이 황급히 입을 닫았지만 내가 영화 대도의 오디션을 받게 된 게 그녀 덕분이라는 건 알고 있었다.

인터넷을 뒤져보면 대도에 투자한 회사가 어디이며 그 회사의 대표가 어느 그룹 계열인지 알 수 있었다.

한편으론 귀찮게 했다는 생각도 들었지만 다른 한편으론 가족을 제외하고 날 생각해 주는 이는 별로 없었기에 신경 써줘서 고마웠다.

"고맙다는 말은 나중에 다시 할게. 어쨌든 내가 한 분석 해. 즉! 남자에 대해 무시하는 듯한 말투와 거리감을 두고 행동, 주변 사람들이 널 보는 눈빛 등등… 수많은 데이터를 두고 봤을 때 넌 남자를 싫어해. 아니, 정확하게는 남자를 혐오한다고나 할까?"

"…수많은 데이터에 대해 듣고 싶긴 하지만 듣는 순간 남자인 널 때리게 될 것 같아 참는다."

"설명됐지? 그럼 기분 좋게 마시자고."

"노노! 꼴랑 그걸로 네가 분석 능력이 좋다고 할 수는 없어. 증명을 하기 위해선 객관적으로 증명할 분석이 필요해. 방금 전의 분석은 사실 네 개인적인 생각이기 때문에 분석이라고 말할 수 없거든."

"정말 지기 싫어하는 성격이구나?"

"으득! 나에 대한 분석은 그만두고 내가 말하는 것에 대해 분석해 봐."

"내가 관심 있는 분야라면."

"물론. 배우에게 걸맞은 질문을 할게. 올 12월에 시작될 종합편성 채널에 대한 분석을 해보는 건 어때?"

"그 정도쯤이야."

여지민의 기억만으로도 설명은 충분했다. 나머지는 아는 척 약간 더하기만 하면 되었다.

"시작은 형편없을 거야. 우왕좌왕하며 실수를 연발할 거야. 기술력이나 장비 등 전체적으로 방송국과는 비교도 되지 않으니까."

"누구나 아는 얘기지."

"계속 들어봐. 종편은 그런 단점을 타개하고자 드라마에 집중할 거야. 어느 정도 성공도 할 테지만 공중파에 비하면 한없이 미약하지. 그러다 보면 자연 종편들은 적자가 누적될 테지 수천억씩 말이야……."

내 얘기가 길어질수록 류성은과 최정연은 귀를 열며 집중하기 시작했다.

"…한 3년쯤 지나면 종합 편성 채널과 케이블TV들은 완전히 자리를 잡게 될 거야. 예능이라는 웃음을 무기로 말이지. 결국 공중파의 시청률은 점점 낮아질 테고, 대박 드라마의 시청률이 겨우 20퍼센트에 불과하게 될 것이라는 게 내 분석이야."

"…흥! 소설 잘 들었어."

"뭐, 그렇게 들렸으면 어쩔 수 없고."

"내가 별로 관심 없는 분야니까 정확히 판단할 수 없어서 그런 거야! 한 가지만 더 분석해봐. 그럼 내가 특별히 믿어줄게."

"니가 안 믿는다고 해도 전혀 상관없는데. 뭐, 그래도 실없는 친구가 되는 건 사절이니까. 그래, 뭘 분석해 줄까, 친구?"

"2012년 시장분석."

2090년까지 전반적인 시장분석이야 가능하지만 특정한 한

해만을 분석하기엔 무리가 있었다.

"큰 기대는 안했다. 핑계는 안 들어도 알 것 같다. '관심분야가 아니라서' 정도일 테지."

맞다. 그렇게 대답하려 했었다.

한데 갑자기 저 비웃는 류성은의 코를 납작하게 만들고 싶었다.

하지만 모르는 걸 아는 체 하다간 더 망신을 당할 수 있었기에 모른다고 대답하려 할 때였다.

문득 2012년도 주식시장에서 투자 실패를 해 자살을 하려던 사람의 기억이 떠올랐다.

'이거, 간절함이 통한 건가?'

간절함이고 나발이고 류성은의 코만 납작하게 해주는 걸로 충분했다.

"2012년은 3월 중순까진 아무런 악재가 없기에 무난하게 회복하는 것처럼 보일 거야. 하지만 유럽의 재정위기가 대두되면서 중국은 물론 우리나라까지 경기는 서서히 바닥으로 향할 테고 오월 중순 바닥을⋯ 연말엔 삼월보다 못하지만 어느 정도 회복을 하고 한 해를 마감하게 되겠지. 물론 그렇다고 글로벌 금융 위기에서 벗어난 건 아니지만 여기까지. 어때, 재미난 소설이지?"

"응. 나름. 근데 분석이 아니라 마치 기억을 더듬는 것 같다는 건 착각일 테지."

순간 뜨끔했다. 그러나 티를 내지 않고 받아쳤다.

"내가 약간의 신기가 있어서 그럴 거야."

"신기?"

"응. 어렴풋이 미래가 보인달까."

"내가 꼭 가지고 싶은 재주긴 하다. 아! 시간이 벌써 이렇게 됐네. 이제 나 가봐야겠다. 생일 축하해. 다음에 보자."

드디어 떠나는지 류성은이 일어났다.

"응, 그래. 얼른 가봐."

"너한테 한 말 아니거든."

"그만해라, 기집애야! 하여간 심술은. 얼마 후면 네 약혼자 한국에 온다며. 그때 같이 보자. 나이도 동갑이라며."

"나도 사진만 봤지 본 적도 없어. 좀 지난 다음에 소개시켜줄 게."

"근데 내 약혼자 미향투자건설 아들이랬나?"

"응."

"중이 제 머리 못 깎는다더니… 어쨌든 내일 전화할게. 오늘 와줘서 고마웠어."

두 사람의 대화를 듣던 난 '미향'이라는 말에 순간 세상이 정지하는 듯한 느낌을 받았다.

미향이라고 하면 김철로서 첫 번째 인생 때도, 이번 인생에서도 들었던 단어였기 때문이었다.

"참! 넌 잠깐 나 좀 봐."

"나?"

"그럼 여기 너 말고 누가 있는데."

"또 뭔 소리를 하려고. 그냥 가던 길이나 가라, 응? 제발 부탁이다, 성은아!"

"됐어. 한 귀로 듣고 한 귀로 흘리면 되니까. 걱정 마. 저쪽으로 갈까?"

난 쫓아오려는 최정연을 진정시키고 류성은을 따라 한쪽 구석으로 갔다.

"할 얘기 있음 웃는 얼굴로 해. 니 친구 생일인데 더 이상 힘들게 하지 말고."

"…그럴게. 호호호호! 됐냐?"

"응. 말해."

난 최정연에게 말한 대로 양쪽 귀를 활짝 열었다.

"내가 경고하는데 정연이 눈에서 눈물이 나면 그땐……."

류성은의 입에선 예상한 말이 흘러나왔다. 그리고 열린 귀로 들어왔다가 머리를 거치지 않고 바로 나갔기에 아무것도 남지 않았다.

난 그녀의 입이 닫히기만을 기다렸다가 귀를 원상 복귀시킨 뒤 물었다.

"끝났어?"

"그래. 꼭 기억해라."

"그건 내가 알아서 할 테니까. 한 가지 물어볼게. 네 약혼자 이름이……."

"그놈의 신기가 자주도 내려오는 모양이네. 내 약혼자 이름이 뭐?"

"민종수야?"

미향투자건설은 민종수의 아버지가 운영하던 회사 이름으로 첫 번째 인생 땐 뼈에 사무치게 싫어하던 곳이었고, 이번 인생에선 민종수와 함께 사고 친 것을 해결해준 곳이었다.

"…어떻게 알았어?"

"하하하하! 아까 미향투자건설이라는 말을 듣고 알았어. 그 녀석, 내 고등학교 친구였거든. 정말 보고 싶다. 킥킥킥킥!"

난 웃음이 터져 나오는 걸 참을 수가 없었다. 눈앞에 보이지 않았을 땐 아무렇지도 않았는데 어디에 있는지 알게 되자 하루라도 빨리 만나고 싶었다.

*　　　　　*　　　　　*

"첫 행사지?"

"네."

앨범을 발매하면서 광고나 홍보를 위해 쓸 돈을 여지민의 외모에 투자를 해서인지 여지민은 하루가 다르게 예뻐지고 있었다.

"마을 행사지만 나중에 큰 무대를 위한 연습이라고 생각하고 열심히 해."

"네! 열심히 할게요."

대답은 씩씩하게 했지만 앨범을 발매하고 타이틀곡이 잠시 200위권에 잠깐 머물다가 순위권 밖으로 사라져서인지 표정이 다소 어두웠다.

"너무 걱정 마라. 내가 장담하건데, 넌 내년에 가장 핫한 가수가 될 테니까. 그럼 고생하렴. 석훈이, 넌 나 좀 보고 가고."

여지민이 나가고 나자 석두는 노란 서류 봉투를 건네며 말했다.

"형님이 조사하라던 신유리에 대한 1차 자료입니다."

"고생했다. 민종수에 대해선?"

"심부름센터 애들 말로는 미향투자건설이 강남의 두치파와 관련이 있어 조심스럽답니다. 시간이 좀 걸릴 거라고 하던데요."

"천천히 해도 되니까 뒤만 잡히지 말라고 해. 그리고 이 카드로 지민이 옷 몇 벌 사줘라. 평소에 허름하게 입고 다니지 말라고 일러두고."

"알겠습니다. 한데 형님, 영화 말고 TV 드라마 제안도 들어왔다면서요?"

"휴우~ 그래. 그 때문에 조금 있다가 방송국에 들어가 봐야 한다."

"그럼 슬슬 제가 형님 매니저를 하면 안 되겠습니까? 이제 여지민은 걱정할 것이 없잖습니까?"

"아침에도 말했지만 그런 파티가 자주 있는 것도 아니다."

"누가 파티 때문에 그럴 줄 아십니까? 형님을 옆에서 보좌하고 싶어서 그런 것뿐입니다."

거짓말이라는 게 빤히 보였다.

석두는 파티에서 꽤나 재미있게 논 모양이었다. 그리고 그날부터 사흘 내내 조르고 있었다.

"알았다. 그만해라. 나도 널 내 옆에 둘 생각이었다. 대신 오늘까지만 고생해라. 옷 선물은 니가 하는 걸로 하고."

이젠 보호자인 석두보다는 여지민을 관리할 사람이 필요함을 나 역시 인지하고 있었다.

석두는 어울리지 않게 경례까지 하고 나갔고 난 그가 건네준 서류를 열었다.

서류엔 3년이나 사귄 내가 아는 것보다 신유리의 어린 시절에 대해 더 자세히 나와 있었다. 그리고 현재 대학을 졸업하고 어디에서 무얼 하고 있는지도.

"내가 기억하는 가정 형편으로는 이렇게 좋은 곳에서 혼자 살지는 못하는 것으로 아는데……."

난 서류를 원래대로 봉투에 넣어서 책상에 던져놓고 의자를 젖히며 눈을 감았다.

류성은, 민종수, 신유리.

그리곤 인연인지 악연인지 모를 세 사람에 대해 생각에 빠졌다.

제9장

엘리트 몹

"김철 씨가 여주인공의 오빠 역을 맡아줬으면 좋겠어. 촬영 일자가 며칠 남지 않아서……."

"현재 맡고 있는 영화가 있어서 스케줄이 맞을지 모르겠습니다."

"흔한 경우니 조절하는 건 어렵지 않지. 내가 특별히 신경 쓰지."

방송국 관계자가 이름난 배우도 아닌 내게 스케줄을 조절해 줄 테니 배역을 맡으라고 하고 있었다.

'최정연이? 아냐. 두 번 다시 힘을 쓰지 않겠다고 약속을 했는데 이랬을 리가 없지.'

생각은 길지 않았다.

"기꺼이 하겠습니다."

미래의 메시지를 받은 이후로 모든 일에 의미를 둘 수밖에 없었다. 물론 그것이 날 수동적으로 만들긴 했지만 목표를 향해 나아가고 있다면 약간 수동적인 것도 나쁘지 않았다.

"허허허! 성격이 시원시원하군. 그럼 하는 걸로 알고 진행하지. 차후 스케줄과 대본은 소속사로 보내줄 테니 확인하면 될 걸세. 그리고 언제 시간되면 술이나 한잔하세나."

"시간 되시면 언제든지 연락 주십시오. 거하게 대접하겠습니다."

"한동안 바쁠 테니 드라마가 끝나고 한번 연락함세. 내년 신호탄이 될 드라마니 열심히 해주시게."

부국장과 인사를 하고 나온 난 곧장 주차장으로 향했다. 그리고 집으로 가자고 매니저에게 말한 후 스마트폰으로 '호수에 비친 달'을 검색했다.

대도 때와 달리 누가 제작 지원을 하는지 전혀 나오지 않았다. 20분 정도 검색을 하다가 배터리가 없다고 삑삑거리는 소리에 포기를 하고 스마트폰을 닫았다.

"충전기 있으니 연결해서 사용하면 돼요, 형."

이제 조금 친해진 임병호가 충전기를 나에게 주며 말했다

"괜찮아. 집에 가서 하면 돼. 참, 그리고 내일부터는 지민이를 맡게 될 거다."

"상무님께 들었습니다."

"고생했다. 보너스 좀 챙겨주마."

"괜찮습니다. 정직원으로 채용해 주신 것만으로도 감사드립니다."

"그건 그거고. 오늘은 집에 데려다 주고 퇴근해라. 나 때완 달리 조금 힘들 거다. 쉴 수 있을 때 쉬어야지."

"그러겠습니다."

임병호와 대화를 마치고 빠르게 지나가는 창밖을 보며 생각에 빠졌다.

'여지민의 미래가 바뀌지 말아야 하는데……'

그녀의 노래가 '호수에 비친 달'의 OST로 채택이 되면서 대박을 터뜨리게 되는데 내가 출연하게 되면서 미래가 바뀔 수도 있었다.

일이 많아지는 것에 대한 고민도, 여지민에 대한 고민도 집에 도착하자마자 머리 한쪽으로 치웠다.

지금부터는 오롯이 미래 바꾸기에 집중할 때였다.

"아버지께서 선경지명이 있으셨던 거지. 아님, 염원이라는 과거의 내가 준비한 것이거나."

농장은 사격연습을 하기엔 적격이었다.

길을 잘못 든 사람들을 제외하곤 오는 사람들이 거의 없었고 사격 연습을 시작하면서 입구에 철문까지 설치를 해둬 혹시 모를 상황도 미연에 방지했다.

소총을 어깨에 메고 틈틈이 사격 연습을 하는 곳으로 가 바닥에 엎드렸다.

호흡을 가다듬고 조준경으로 목표물을 조준했다. 그리고 군대 시절 사격 훈련을 떠올리며 방아쇠를 여러 번에 걸쳐 당겼다.

퓨슉!

목표물인 솔방울과는 상관없는 나뭇가지가 부러지며 떨어졌다.

퓨슉! 퓨슉! 퓨슉!

우연인지 실력인지 목표로 하던 솔방울이 떨어지면 다른 솔방울을 향해 총구를 겨냥하고 탄창이 떨어지면 탄창을 바꾸는 걸 제외하곤 오로지 사격에 열중했다.

준비해 온 30발들이 탄창 열 개를 모두 소비했다. 한데 정확히 맞춘 건 15개밖에 없었다.

"…저격엔 재능이 없나 보다."

목표물의 거리가 멀었고 순수 저격용 총이라기엔 무리가 있었지만 인정할 건 인정해야 했다.

나는 발로 적당히 땅을 판 후 총알받이에 가득한 탄피를 땅에 묻고 주변을 정리했고, 한동안 계속해서 깔아뒀던 종이 박스도 걷어서 챙겼다.

노력해서 될 일이 아니라면 일찌감치 포기하는 것도 하나의 방법이었다.

"이제 슬슬 타깃을 잡을 때도 되었으니 얼른 염의 에너지부터 채워야겠다."

채울 방법에 대해선 생각 바가 있었다.

*   *   *

게임을 직접 해본 적은 없었지만 사흘쯤 PC방에서 게임을 하다가 숨이 넘어갈 뻔한 사람의 몸에 들어간 적이 있었다.

그 사람의 기억을 읽고 꽤 황당했었는데 쓰러지기 직전까지 엘리트 몹(보스 몬스터)을 잡아야 한다는 생각으로 가득 차 있었다.

그의 생각은 간단했다. 잡몹 수백 마리를 잡는 것보다 엘리트 몹 한 마리를 여러 명이 때려잡는 것이 이득이라는 것이었다.

그래서 나도 대한민국의 미래를 암울하게 만든 엘리트급 인물을 처리할 생각이었다.

까득! 까득! 까득! 까득!

"하늘도 돕는군."

마지막 가을비가 장맛비처럼 내리고 있었다.

덕분에 우비를 깊게 눌러쓰고 길을 걸어도 의심하는 사람은 아무도 없었고 걸을 때마다 들리는 '까득'거리는 소리 역시 빗소리에 묻혔다.

감시카메라 바로 밑에 서서 지나가는 사람이 없기를 기다렸다가 카메라의 움직임이 반대편으로 움직일 때 도움닫기를 해서 벽을 박차고 올랐다.

꺄라라락! 꺄라락!

아이젠이 콘크리트 벽을 긁는 소리가 들렸지만 그 마찰력을 이용해 높은 담을 오를 수 있었다.

담을 넘어 바닥에 착지를 하자마자 바로 아이젠을 풀어버리고 감시카메라와 저택의 창문을 피해 구석 쪽으로 움직였다.

"그르르르릉!"

"왕! 왕!"

두 마리의 검은색 도베르만이 낯선 나를 발견하고 덮쳐왔다.

인간의 반사 신경을 넘어서는 속도.

하지만 나도 평범한 인간보다는 빨랐다. 몸을 바닥에 눕히며 옆구리에 끼워둔 두 자루의 대검을 빼내 도베르만의 턱밑에 찔러 넣었다.

칼에 찔리고도 목을 물려고 바둥거리던 두 마리는 곧 내 위로 쓰러졌다. 난 지체하지 않고 일어나 죽은 개를 개집에 넣어놓고 그 뒤에 몸을 숨겼다.

'다음부턴 조사를 좀 더 철저하게 해야겠어.'

경호원 두 명만 데리고 다니는 사람이라 대수롭지 않겠다 싶어 왔는데 하마터면 개 먹이가 될 뻔했다.

'참 처량하군. 그나저나 요즘 염일 때의 기억이 자주 나는군.'

조선 시대 남의 집 처마 밑에서 굶어 죽어가던 사내의 몸에 들어간 적이 있었는데, 그때도 이렇게 비가 내리고 있었다.

굶주림이 극에 달해 내가 몸을 차지했음에도 움직이지 못하고 결국 죽게 되었지만 말이다.

"그때나, 지금이나, 미래나 죽어나는 건 국민들뿐이지. 지들은 배부르고 등 따시게 지내니 힘든 줄 모르는 거야."

전쟁을 일으켜 수많은 사람의 목숨을 빼앗고도 제대로 된 사과조차 하지 않는 일본 놈들이나 국민들은 아랑곳하지 않고 이득 챙기기에 혈안인 놈들이나 똑같은 놈이었다.

정치부패도가 후진국보다 떨어지는 것엔 눈을 감고 중간은 가는 노동시장유연성에 대해선 눈에 불을 켜고 고쳐야 한다고 말하는 자들에게 무슨 희망이 있을까.

물론 구태의연한 자들에게 표를 찍어주는 이들을 욕할 수도 있겠지만…….

덜컹!

빗소리를 뚫고 들려오는 육중한 철문 닫히는 소리에 상념에서 깨어났다.

'나라 걱정은 잘난 위정자들에게 맡기고 난 미래 바꾸기라는 내 일에 집중하자.'

따로 놓고 볼 수 있는 문제는 아니었지만 굳이 붙여서 생각할 이유도 없었다.

오늘의 타깃인 여연호가 두 명의 경호원과 함께 들어왔다.

"…했어. …가봐."

빗소리에 잘 들리지 않았지만 현관에서 두 경호원을 보내는 모양이었다.

'잘 됐군. 어차피 저들을 죽일 생각은…. 앗! 저 멍청이는 왜 이쪽으로 오는 거야!'

여연호가 안으로 들어간 후 두 명의 경호원 중 한 명이 내가 있는 쪽으로 다가왔다.

"천둥아~ 벼락아~ 형아 왔는데 비가 온다고 내다보지도 않냐? 형아가 맛있는……!"

아까 개가 나에게 덤빈 것처럼 이번엔 내가 벼락처럼 다가가 주먹을 꽂았다. 그리고 잠시의 틈도 주지 않고 목덜미를 때려 기절시킨 후 다른 한 명에게로 뛰어갔다.

"누구냐!"

남아 있던 경호원은 놀람도 잠시 손을 재빠르게 품속으로 넣고 있었다.

'권총! 일반 경호원들이 아니군.'

내가 날뛸 때마다 언제나 자신을 사용해 주길 기다리는 단전의 힘을 풀었다.

아주 약간이지만 빨라지는 느낌이 들었고 그 덕분인지 경호원이 권총을 든 손을 내뻗기 전에 총을 쳐낼 수 있었다.

팍!

"큭!"

총을 쳐냄과 동시에 발목을 노리고 발을 휘둘렀지만 경호원이 본능적으로 피하면서 스치는 수준밖에 되지 않았다. 그러나 스쳤다고 해도 다리가 아플 터, 여전히 내가 유리했다.

그리고 3합 만에 결정적으로 그의 턱을 가격할 찬스가 왔다.

손바닥을 쭉 뻗었다.

타격감은 없었고 경호원은 눈앞에서 사라졌다.

'어라? 웬 다리가……?'

다리가 내 어깨에서 꼬인다고 생각한 순간 세상이 획 하고 뒤집어졌다.

"크윽!"

내 기억이 맞는다면 아버지에게 맞은 이후로 고통으로 인해 나도 모르게 신음 소리를 낸 건 이번이 처음이었다.

다행히 어깨 부분으로 넘어졌기에 망정이지 머리부터 떨어졌으면 크게 손해를 봤을 것이다.

내 위기는 끝난 것이 아니었다.

오른팔이 경호원의 손에 잡힌 채 다리 사이에 끼워지고 있었다.

아무리 종합격투기에 대해 무지한 나지만 이 자세가 '암바(Arm bar)'라는 건 들어 알고 있었다.

'부러진다!'

난 기술이 완전히 걸리기 전에 몸을 돌리며 왼팔을 다리 사이에 넣고 경호원의 거시기를 움켜잡았다.

"······!"

"손 놔. 조금만 허튼짓해도 터진다."

"비, 비겁한 새끼!"

"죽고 사는데 그딴 게 어디 있어? 하나, 둘······."

둘 하는 순간 그는 팔과 다리의 힘을 풀었고 난 바로 일어나 그의 턱을 후려쳤다.

"씨발······."

"닥치고 좀 기절해!"

실력만큼 맷집도 좋은지 제법 강하게 쳤는데도 정신을 잃지 않아 다시 좀 더 강하게 한 대 더 쳐야 했다.

경호원을 쓰러뜨린 난 그가 흘린 총과 개집 앞에 쓰러진 경호원의 총을 회수했다.

경호원과 싸운 시간이 짧았다고 하지만 신고가 가능한 시간. 난 방범 시스템을 무시하고 커다란 거실 창문을 깨고 집안으로 들어갔다.

그를 발견한 곳은 안방의 옷장 안이었다.

"도, 돈이 필요하다면 여, 여기 있으니 워, 원하는 만큼 가지고 가시오."

그가 숨은 옷장 옆에는 오만 원 권 지폐가 신혼집 휴지처럼 쌓여 있었다.

"됐어. 저승 가는 노잣돈으로 써."

"더, 더 필요하다면 그, 금고에 더 있소. 그러니 제발 목숨만……."

"쉿! 국민들 세금을 대기업에 퍼주고 받은 돈 따윈 별로 관심이 없어. 당장 죽여도 되지만 그래선 눈을 감지 못할 것 같아서 내가 왜 왔는지 말해 주려고 하니 잘 들어."

"무, 무슨 말인지 난 모르겠소. 어디에선 왔는지 모르지만 난… 커억!"

계속 시끄럽게 떠들 것 같아서 배를 걷어찼다.

"그 자식 정말 말 많네. 한 번만 더 내 말을 끊으면 정말 고통 속에서 허우적거리다 죽게 해줄게."

고통 때문인지 경고 때문인지 여연호는 더 이상 말이 없었다.

"…검사 시절 얘기는 여기까지 하고 요즘 하는 일에 대해 말해 보지. 권력자의 등에 붙어 혈세 수십조를 대기업에게 퍼주고, 자원 외교를 핑계로 나랏돈을 마음껏 축내 나라 전체를 빚더미에 앉혀놓고 넌 잘 먹고 잘살고 있지. 좋은 소식 하나 알려줄까? 넌 미래에도 굉장히 잘살 거야. 내년에 있는 국회의원 선거에서도 당선 된 후 본격적으로 나라를 망치기 시작해. 국민들은 안중에도 없는 대기업을 위한 법을 통과시키고 정치질에만 전념하지. 그리고……."

난 그가 한 일, 할 일에 대해서 5분 가까이를 쉴 새 없이 쏟아냈다.

"휴우~ 정말 더럽게도 많은 짓을 하는군. 자, 마지막 유언을 뱉어봐."

"…난 하수인에 불가하오. 내가 아니라고 해도 어느 누군가가 분명 했을 일이오. 물론 내가 검사 시절 한 일에 대해선 할 말이 없소. 하지만 그게 죽을죄는 아니지 않소? 누구나 하는 짓이었소. 하지 않는 사람이 병신이 되는데 과연 당신이라면 하지 않았겠소?"

여연호 같은 검사가 검찰청을 가득 채우고 있는 상상을 하자 소름이 돋았다.

그는 나의 반응은 상관없이 계속 말을 이었다.

"게다가 당신 말이 이해가 되지 않소. 아니, 설령 이해한다고 해도 내가 미래에 할 일을 짐작해 죽이려고 하는 건 너무 하지 않소이까?"

"나도 미래의 죄, 즉 벌어지지 않은 죄를 벌하는 것이 옳은 것인지 생각을 해봤어. 인간이란 하루아침에도 변할 수 있잖아?"

"마, 맞소! 오늘 일을 겪었으니 나 역시 사람인데 변하지 않겠소? 아니, 변하겠소! 그러니 목숨만은……."

여연호는 살 방도를 찾았다고 생각하는지 자신이 '사람'임을 강조하면서 변하겠다고 약속했다.

"아마 약간은 변할 거야. 한데 말이야 넌, 미래에 할 일 때문에 죽는 게 아냐."

"그게 무슨……?"

"지금까지 한 일만으로도 백 번 죽어 마땅해. 참! 그리고 네가 하수인이라고 했지? 걱정 마. 지시 내린 사람도 곧 뒤따라갈 테니."

"미친……."

탕! 탕! 탕!

난 그대로 방아쇠를 당겼다.

그리고 그의 숨이 끊어지는 순간 염의 에너지는 끝까지 차올랐다.

PC방 게이머의 생각이 옳았다. 인생은 한 방이었고, 경험치는 엘리트 몹이 많이 줬다.

*　　　　*　　　　*

영화 대도와 드라마 호수에 비친 달의 스케줄이 나왔다. 쉬는 날이 틈틈이 보였지만 촬영이 시작되면―특히 드라마의 경우―언제든 변경될 수 있음을 이민기 상무는 강조를 했다.

"결국 실질적인 휴일은 오늘밖에 없으니 푹 쉬는 걸 권해드립니다. 석훈인 나 좀 봐. 촬영 기간 동안 어떻게 해야 하는지 설명해줄 테니까."

이민기 상무가 석두를 데리고 나간 뒤 난 스케줄을 보고 있다가 몸을 일으켰다.

쉬는 건 앞선 두 번의 인생에서 충분히 쉬었다.

차를 몰고 바로 강남으로 넘어갔다.

"여기쯤이라고 들었는데……."

차의 흐름을 방해하지 않을 정도로 속도를 줄이고 주변 건물을 보며 BU격투기 체육관을 찾았다.

약속도 약속이지만 어제 여연호의 경호원과 맞붙어보곤 나의 부족함을 깨달았기 때문이었다.

한데 같은 자리를 몇 바퀴 빙글빙글 돌았지만 체육관이라 적힌 곳을 찾을 수 없었다.

땅값이 천정부지인 서울 강남 한복판에 종합격투기 체육관이 있다는 것에 회의를 느낄 때쯤 'BU'라고 적힌 간판을 볼 수 있었다.

"여기에 BU격투기 체육관이 있는 게 맞습니까?"

체육관이 있는 곳은 미술관이라고 해도 될 정도로 깔끔하고 예술적으로 지어진 12층 건물이었다.

게다가 간판도 BU라고 달랑 적힌 게 다이니 주차관리인에게 물어볼 수밖에 없었다.

"11층으로 가면 됩니다."

자주 듣는 질문인지 묻기가 무섭게 답이 나왔다.

감사를 표한 후 지하 주차장에 주차를 한 후 11층으로 올라갔다.

입구를 보고 또다시 IT관련 회사가 아닐까 싶었지만 안내데스크 앞에 붙어 있는 작은 글씨의 종합격투기라는 단어로 확신을 하고 안으로 들어갔다.

"어떻게 오셨습니까?"

"정희철 씨가 한번 오라고 해서 왔습니다만."

"신분증이 있으시면 확인해 봐도 되겠습니까? 없으시면 불편하겠지만 이곳 서류를 작성해 주시면 됩니다."

운전면허증을 건네자 간단히 뭔가를 적더니 방문증과 함께 돌려주었다.

"좌측으로 올라가시면 됩니다."

안내원이 가리키는 방향으로 올라가자 커다란 유리벽 너머로 체육관이 보였고 방문증을 대자 유리문이 열리며 체육관에 들어갈 수 있었다.

"…퀴퀴한 냄새가 나는 체육관을 생각했는데 우리 집보다 깨끗하네."

땀 냄새가 완전히 나지 않는 것은 아니지만 상쾌한 방향제 냄새에 묻혀 참을 만했다.

"어떻게 오셨… 어! 경환이를 박살 냈던……."

"김철입니다. 한번 오라고 해서 왔습니다."

"맞다! 김철 씨, 어서 와요. 혹시 경환이랑 붙으러 왔습니까?"

"약속을 했으니까요?"

"하하하! 녀석이 들으면 좋아하겠네요. 김철 씨 때문인지 예전보다 더 열심히 하고 있거든요. 근데 오늘은 불가능해요. 관원 중 두 명이 일본에서 K-1 시합이 있어서 응원 갔거든요."

그 때문인지 넓은 체육관엔 정희철을 포함해서 세 명뿐이었다.

내가 무슨 생각을 하는지 알았을까, 정희철이 설명을 덧붙였다.

"원래 인원이 많지 않습니다. 일반인 관원들은 없고 시합할 사람들을 위주로 운영되는 곳이거든요."

"그렇습니까? 혹시나 운동을 할 수 있으면 해보고 싶어서 왔는데… 다른 체육관을 찾아봐야겠군요."

"운이든 뭐든 경환이를 무력화시킬 정도라면 이곳에서 충분히 연습할 수 있습니다. 물론 관장님께서 허락을 해야 하지만 제가 추천을 하면 별말씀 없이 허락해 주실 겁니다."

"절 너무 과대평가하시는군요."

"글쎄요, 전 제 느낌을 믿습니다. 물론 절대적인 건 아니지만요, 하하하! 말이 나온 김에 조금이라도 해보고 가는 건 어떻겠습니까?"

"부탁드리겠습니다."

난 정희철이 준 체육복을 입다가 BU체육관이 어떻게 이런 건물에 세 들어 있으면서도 일반인을 받지 않고 체육관을 운영할 수 있는지 알게 되었다.

옷의 옆에 CC화학이라고 적힌 것을 보니 창천화학이 후원을 하는 모양이었다.

"일단 30분 정도 가볍게 몸을 풀어요."

"네."

새벽에 이미 몸을 풀었지만 다시 한다고 해서 나쁠 건 없었다. 스트레칭 위주로 천천히 몸을 풀었다.

30분쯤 지나자 다른 사람들에게 코치를 해주던 정희철이 다가왔다.

"몸이 엄청 유연하군요. 벗은 몸을 보고 싶지만 그건 천천히 확인하기로 하고, 이번엔 알고 있는 무술로 샌드백을 쳐봐요."

사실 그라운드 기술(서브미션)을 배우기 위해 온 것이지만 다 짜고짜 가르쳐 달라고 할 수는 없었기에 묵묵히 그가 요구하 는 것을 따라했다.

꽝! 파방!

깡패들이 문신을 하고 '내가 깡패다'라고 티를 내고 다니는 이유가 불필요한 충돌을 피하기 위해서라면 난 '날 우습게 보 지마라'는 걸 보여주기 위해 단전의 힘을 제외하곤 굳이 감추지 않았다.

"…헐! 김철 씨, 배우가 직업 맞아요? 거짓말 좀 보태서 당장 에 입식 격투에 입문해도 되겠어요."

"후우~ 그렇습니까?"

"예! 말이 나온 김에 한번 해볼래요? 마침 1년 정도 된 친구 가 있는데."

"좋습니다."

이왕 이렇게 된 거 촬영하는 틈틈이 다녀도 될 만큼 확실하 게 날 각인시킬 생각이었다.

내 상대는 입식 격투와 서브미션을 고루 잘한다는 올해 스무 살의 청년이었는데 내가 배우라는 걸 알자 무시하는 눈빛이 역 력했다.

"서로 무리하지 말고 가볍게 해요. 세진인 오늘 처음 온 사람 이라고 너무 무시하지 말고. 경환이 사건 말하지 않아도 알지?"

"에에? 이 사람이 바로 두 방에 경환이 형을 보낸 그 사람이 라고요? 이거 긴장 좀 타야겠는데요."

긴장을 해야 한다면서도 한쪽 입꼬리가 올라가 있는 것이 어지간히 자신만만한 모습이었다.

'쩝, 이러면 재미없는데.'

무시하는 상대보다 쉬운 상대가 있을까? 그저 그 사람의 생각보다 조금 빠르고 조금 강한 힘을 보여주면 단숨에 무너뜨릴 수 있었다.

하지만 난 상대를 무찌르기 위해서가 아니라 그라운드 기술을 배울 생각으로 왔음을 잊지 않았다.

"시작!"

정희철의 외침과 함께 운세진과 난 링의 중앙으로 다가갔다. 그리고 가볍게 글러브를 맞댔다.

난 여전히 비틀어진 웃음을 짓고 있는 그에게 빙긋 웃어주곤 왼손으로 잽을 날렸다.

팍!

세계적인 권투선수들은 1초에 잽을 다섯을 뻗고, 상대는 반사 신경만으로 그 잽을 피하고 막아낸다. 하지만 무시를 하고 있는 운세진은 내가 그런 잽을 날릴 거라곤 상상도 못했고, 피하지도 못했다.

마치 스트레이트를 맞은 것처럼 그의 목이 뒤로 젖혀졌다 본래대로 돌아왔다.

'눈을 감지 않은 건 칭찬해 주지. 하지만……'

그의 고개가 젖혀지는 순간 이미 내 오른손 스트레이트가 움직이고 있었다. 눈으로 확인을 하고 피하긴 이미 늦었다.

파앙!

아무리 글러브 파운드가 높다고 해도 주먹을 꽉 쥐고 때리는 건 위험했기에 계란을 쥔 듯 가볍게 날린 스트레이트였다. 그러나 긴장을 하지 않은 상태에서 제대로 들어갔기에 주저앉히기에 충분했다.

"……!"

"코너로!"

이어 때릴 수도 있었지만 난 정희철이 외치길 기다렸고, 코너로 가서 운세진이 일어나길 기다렸다.

정희철은 사람 좋은 얼굴을 지우고 운세진에게 으르렁거렸다.

"이 새끼야! 정신 똑바로 안 차려? 내가 방금 전에 한 말 잊었어? 니가 지금 누굴 무시할 짬밥이냐! 할 수 있어, 없어?"

"하, 하겠습니다."

낮은 목소리로 코치를 하는 것 같았는데 상관없었다.

시합은 다시 시작됐다.

확실히 한 번 당하고 나더니 경시하는 모습은 어디에도 보이지 않았다.

쉬익! 쫘악!

운세진의 오른발이 딛고 있는 내 왼발 허벅지에 와서 요란한 소리를 만들어냈다.

'헐! 존나 아프네.'

잔뜩 긴장을 한 상태에서 한 공격이라 피할 수도 있었지만 한번 맞아보자는 생각에 살짝 힘만 주고 받아냈더니 순간적으로 감각이 없어지는 느낌과 함께 고통이 밀려왔다.

'뭐, 그렇다고 죽을 정도는 아니야!'

한 번의 공격으로 재미를 봐서인지 다시 로우 킥이 날아왔고, 난 빠르게 운세진의 허벅지를 잡으며 품속으로 파고들었다. 그리고 씨름의 안다리걸기처럼 왼 다리를 걸며 바닥에 넘어뜨렸다.

순식간에 손발이 뒤엉켰고 그 와중에 위에 있는 내가 짧은 단타들을 때려보았지만 곧 운세진의 팔에 저지를 당했다.

그리고 '엇!' 하는 사이에 몸이 기울어지며 바닥으로 향했다. 조금 달랐지만 경험을 한 적이 있었기에 난 팔을 빼내며 상대의 힘에 내 힘을 더했다.

내 판단은 옳았다.

빙글 360도 돌며 다시 내가 유리한 위치가 되었다. 그대로 옆구리에 한 방 강하게 넣을 수 있었지만 서브미션을 배우기 위함이라는 걸 잊지 않고 운세진의 팔을 잡으며 내가 당할 뻔했던 암바를 걸려고 했다.

하지만 익숙지 않다 보니 잠깐 머뭇거렸다.

순간 운세진은 오른팔을 내 발 사이로 집어넣더니 암바에 걸리려는 자신의 왼팔을 잡았고, 몸이 뒤틀리더니 두 다리로 내 목을 감아 왔다.

'아! 이런 방법이 있구나.'

인간은 누구나 본능적으로 위험에서 빠져나가려고 버둥대게 마련이었고 상대에 따라 운 좋게 빠져나올 수도 있었다.

그러나 그라운드 기술을 익힌 사람에게는 그 버둥거림마저도 기술을 거는데 도움이 될 뿐이었기에 빠져나가는 건 어려웠다.

그래서 빠져나가는 기술이 필요했는데 난 실전 중에 하나를 배웠다.

2라운드가 시작되고 난 바로 서브미션을 유도했다. 그리고 한참을 엎치락뒤치락하다 보니 떨어지라는 소리가 들렸다.

"하악하악!"

앞에선 운세진은 지쳤는지 가쁜 숨을 몰아쉬었다. 그에 반해 난 땀만 좀 날 뿐이었다.

'이런 면에서 보면 호흡법이 조금 사기 같기는 해.'

남들보다 조금 덜하다 뿐이지 지치긴 지쳤다. 단지 회복이 빠를 뿐이었다.

"정말……!"

난 운세진이 지겨워할 정도로 계속해서 붙었다.

2라운드가 지나고 3라운드가 되자 운세진의 동작이 둔해지는 것이 눈에 보일 정도였다.

그러나 그도 질 수 없다고 생각하는지 끈질기게 기술을 걸었고 내가 거는 기술을 회피했다.

하지만 내 운도 여기까지였다. 종료 30초 정도 남겨놓고 다소 민망한 자세의 기술에 걸렸다.

난 재빨리 손을 쳐서 항복을 표했다.

"헉헉헉헉헉! 이, 이겼다."

"헉헉! 세진 씨, 대단하네요. 거의 피했다 했는데 그런 이상한 기술을 걸다니. 기술 이름이 뭐예요?"

"헉헉헉! 꿀꺽! 그, 글쎄요. 암 브레이크도 아니고 초크도 아니고 모르겠어요. 헉헉헉! 그리고 말 놓으세요. 저보다 한참은 형이신데."

"그래, 어쨌든 즐거운 경기였다. 많이 배웠고."

"헉헉! 꿀꺽! 아니에요. 판정까지 갔으면 제가 무조건 졌을 거예요."

한바탕 뒹굴고 나면 친해진다고, 링에 누운 채 운세진과 한참 얘기하다가 일어났다.

"…무슨 배우가 그리 체력이 좋아요? 전 꼼짝도 못하겠는데. 헉헉!"

"하하! 나중에 진짜 시합에서도 그러고 있을래? 승자답게 관중에게 손을 흔들어야지."

"하악하악! 형이랑 안 하면 인사할 힘은 있을 거예요."

"엄살은… 정희철 씨, 아니, 이참에 말을 트는 게 어떻습니까? 전 스물여섯인데 몇 살이세요?"

"…스물일곱."

"그럼 형이네요. 말 편하게 하세요. 희철이 형, 샤워실이 어디에요? 샤워하고 그라운드 기술에 대해 좀 가르쳐 주세요."

"으, 응. 그래."

묘한 표정을 짓는 정희철을 뒤로하고 그가 가리킨 샤워실로 향했다.

시원한 물줄기를 맞으며 격투를 하면서 후끈후끈해진 몸을 식혔다.

"…못할 짓이군."

종합격투기에 대한 솔직한 평이었다.

남자와 살을 비벼야 한다는 것도, 미워하지 않는 사람을 때려야 하는 것도, 맞으면서도 규칙에 따라야 하는 것도 마음에 들지 않았다.

그라운드 기술만 어느 정도 배운다면 발을 뺄 생각이었다.

문 열리는 소리에 돌아보니 정희철이 서 있었다. 그는 문에 기댄 채 아까 옥타곤에서 짓던 묘한 표정을 지은 채 나를 바라보고 있었다.

"…남자에겐 관심이 없습니다만."

"나 역시 여자를 좋아해. 한데 마지막에 세진이에게 져 준 이유가 뭐야?"

"네? 져 주다니요?"

"모른 척 마. 다른 사람은 몰라도 옆에서 지켜보고 있던 난 알 수 있었어."

"그럼 잘못 본 겁니다. 지는 걸 무척이나 싫어하는 제가 져 줄 리가 없죠."

"때론 이겨도 기분이 더러운 경우가 있고, 져도 기분이 좋은 경우가 있다. 오늘은 다행히 그런 일은 없었지만 앞으로 혹시나 다른 사람과 시합을 하게 된다면 그 점을 좀 생각해 줬으면 한다."

"…그러죠."

"씻고 나와라. 내가 서브미션에 대해 확. 실. 하. 게. 가르쳐 주마."

그의 말처럼 져 준 게 맞았다.

물론 정희철의 말처럼 될 수도 있었다. 하지만 반대로 나에겐 별것 아닌 패배가 운세진에겐 큰 상처가 될 수도 있다는 생각에 기술에 걸렸을 때 풀지 않았다.

후회는 없다. 난 내 생각대로 했을 뿐이다.

근데 방금 전에 정희철이 한 말이 져 준 것에 대한 교육을 해준다는 것처럼 들리는 건 내 착각이겠지?

제10장

또 한 명의 낙하산

　대한민국에서 손꼽히는 스타들이 돼지머리를 향해 고개를 숙이고 그 입에 돈을 꽂았다. 그리고 그 모습을 기자들은 카메라에 담았다.

　"다음이 김철 씨 차례예요."

　스태프가 다가와 속삭였고, 난 다른 사람보다 한 발 나서서 기다렸다.

　"김철! 천백만을 예상했으니 많이 넣어라."

　박성명 감독이 장난스럽게 한마디 했고 난 호응을 하듯이 웃어주곤 앞으로 나갔다.

　영화가 잘되길 바라며 절을 하고 봉투를 꺼내 입에 꽂았다.

　천백만 원, 이목이 집중되게 만 원권이나 오만 원권으로 준비할까도 싶었지만 이 자리의 주인공이 누구인지를 생각하고는 수표로 준비했다.

찰칵거리는 소리가 먼저 했던 스타들만큼은 아니었지만 꽤 들려왔다. 난 만족하고 제자리로 돌아왔다.

"너무 얇은 거 같은데?"

박성명 감독이 다시 말을 걸어왔다.

"딱 예상 관객 수만큼 넣었습니다."

"오! 생각에 변화가 없다면 무리한 거 아냐?"

"미래의 벌 돈을 생각한다면 무리는 아니죠. 다만 돈이 똑 떨어져 빌려왔습니다."

"이거 내 어깨가 무거워지네. 널 위해서라도 열심히 해야겠다. 하하하!"

"부탁드립니다, 감독님. 하하!"

깡패에서 은퇴하며 가지고 나온 돈이 바닥이 났다. 지금까지 돈에 대해 딱히 생각을 한 적이 없었는데 통장 잔고가 바닥이 나자 아차 싶었다.

사장으로서의 월급, 출연료가 나오지만 현재 내 씀씀이를 감당하기엔 무리였고, 내년 하반기에 투자액이 나올 때까지 기다려야 했다.

난 석두에게 영화에 투자한 5억 원 중에 1억 원의 권리를 팔아 1억을 획득했다. 그리고 그 돈으로 오늘 돼지머리에 꽂은 것이다.

'그때 여연호의 집에서 챙겨 나올 것을……'

옷장 한쪽을 가득 채우고 있던 오만 원권 지폐가 아른거렸지만 지금 와서 후회해 봐야 소용이 없었다.

'그나저나 돈을 어떻게 벌지?'

돈이 떨어져 벌어야겠다는 생각을 했을 때 미래로 가서 로또 번호를 알아와, 혹은 주식의 흐름을 알아와 돈을 벌면 될 것이라고 단순하게 생각했었다.

그래서 해봤다.

염을 미래로 보내 빙의는 하지 않고 주식 정보만 보고 돌아오게 하는 꼼수를 이용해 어제 주식을 샀고 오늘 아침 200만 원의 이득을 얻었다.

한데 200만 원의 이득을 보는 순간 기껏 채워뒀던 염의 에너지 중 두 달치가 쭉 빠져 버렸다.

사사로운 이득을 위해 미래를 이용하는 것에 염의 에너지가 들어갈 줄이야……

내 개인을 위해 돈을 팡팡 쓰고 다니는 것도 아니고 미래 바꾸기를 위해 돈을 쓰는 것이 태반인데 정작 돈 벌기는 막아놓다니 어이가 없었다.

게다가 사천만 원에 열흘 치의 에너지를 얻었는데 이백만 원에 두 달 치 에너지가 빠져나가는 것을 보니 불공평함에 치가 떨렸다.

로또를 해볼까 하는 생각도 있었지만 혹시나 염의 에너지가 사라지는 것도 모자라 내가 소멸할 것 같아 포기했다.

돈 벌 궁리를 한참 하고 있는데 고사가 끝이 났다.

"앞에 있는 음식점에서 뒤풀이가 준비되었으니 모두 잠깐이라도 참석해 주시길 바랍니다."

강제성은 없었지만 오늘 같은 날 바쁘다고 갈 수 있는 사람은 드물었다.

조감독의 말에 모두가 음식점으로 향했고 감독과 제작자, 배우들은 커다란 방에 자리하게 됐다.

내 자리는 감독과 가장 먼 끝자리로 현재 방에서의 내 위치를 보여주는 곳에 앉게 되었다.

"길게 얘기해 봐야 지루하기만 하니 간단히 말하겠습니다. 내일부터 촬영에 들어가니 고생들 하시고 오늘은 마음껏 드시길 바랍니다. 박 감독, 한마디 하세요."

"내일부터 실컷 할 텐데요. 일단 음식부터 들어오라고 하죠."

제작자와 박성명 감독이 한마디씩 했고, 음식과 함께 술이 들어왔다.

"선배님, 처음 뵙겠습니다. 김철이라고 합니다."

내 옆자리엔 명품조연이라고 불리는 조덕한이 앉아 있었는데 난 술잔을 두 손으로 들고 인사를 했다.

"응, 반가워. 한데 네가 이번 영화가 천만이 넘을 거고 널 캐스팅하면 천백만이 될 거라고 했다지?"

"하하… 어쩌다 보니 그렇게 됐습니다."

"그럼 난 몇 명 정도 티켓파워가 있겠냐?"

"네? 그건……."

대답하기 참 애매모호한 얘기였다. 기분 좋게 몇 백만이라고 할 수도 있었지만 다른 주연배우들이 기분이 나빠질 수도 있었다.

"헛헛! 농담이다. 반갑다. 한동안 같이 연기하게 됐으니 친하게 지내자."

"예, 선배님."

조덕한과 인사를 끝낸 난 밥을 먹는 둥 마는 둥 하며 방의 분위기를 살폈다. 처음 보는 사람들이 많아 인사할 시점을 노리고 있는데 몇 명씩 따로 얘기를 하다 보니 타이밍 잡기가 쉽지 않았다.

'애들이 많이 힘들었겠네.'

막상 내가 막내가 되어보니 분위기를 주도하던 밑에 애들의 고충을 알게 되었다. 과거, 막내가 말하는데 끼어들었다고 한마디 했던 것이 오늘따라 미안했다.

그때 조덕한이 팔꿈치로 날 툭툭 쳤다.

"예, 선배님."

무슨 용무냐고 물었지만 그는 별다른 말없이 턱짓으로 제작자와 박성명 감독이 있는 곳을 가리켰다.

두 사람은 아무와도 얘기를 하지 않고 있었는데 지금이 인사를 할 기회임을 알려준 것이었다.

"아! 감사합니다."

난 재빨리 술병과 빈 잔을 들고 앞으로 갔다. 그리고 제작자를 시작으로 앉은 순서대로 잔을 돌렸다.

"지영이가 부탁하던 애가 너구나?"

선생님이라 불리기에 충분한 연륜을 가진 여배우가 내게 술을 따라주며 말했다.

"고모님이요?"

"응, 한데 하는 걸 보니 굳이 내가 나설 필요도 없겠네. 혹시 궁금한 게 있으면 언제든지 물어. 아는 한 말해 줄게."

"네, 선생님."

대답을 하고 일어난 난 13년 동안 단 한 번도 대스타의 자리에서 내려온 적이 없는 여배우의 옆으로 가 인사를 했다.

"안녕하세요, 선배님. 김철이라고 합니다. 앞으로 잘 부탁드리겠습니다."

"반가워요. 전수현이에요."

"말씀 편하게 하세요."

"천천히 그럴게요. 전 음료수로 받을 게요. 괜찮죠?"

"물론입니다."

속으로는 어떠한지 모르지만 스타 중의 스타라고 할 수 있는 배우들까지 모두 상냥하게 내 소개를 받아줬다. 그리고 그들과 짧게나마 얘기하면서 '스타는 건방질 것이다'라는 선입견을 단번에 날려버릴 수 있었다.

"헛헛! 고생했다. 술 깨게 음료수 줄까?"

인사를 끝내고 자리에 돌아와 앉자 조덕한이 음료수를 권했다.

"술로 주십시오. 음료수를 마시면 더 취하는 것 같아서요."

"이거 이번 영화 끝나고 나면 간이 남아나질 않겠군."

"살려는 드리겠습니다."

"허~ 이 녀석, 말도 청산유술세그려. 너, 오늘 이후로 나한테 술 먹자고 하지 마라."

"넵! 대신 오늘은 마음껏 권하겠습니다."

"그래. 오늘 하루쯤이야 희생하지."

조덕한은 정말 성격이 좋았다. 까마득한 후배인 날 챙기려는 건지 옆에 앉아 농담을 섞어가며 영화계에 대해 얘기해 주었다. 그리고 다른 사람들과도 자연스럽게 얘기할 수 있도록 유도해 주었다.

그렇게 한참 재미있게 얘기하고 있는데 노크 소리가 들렸고 잠시 후 한 여자가 들어왔다.

"여기 잠시만 주목해 주세요. 키르케 역을 맡게 된 신유리 씨가 왔습니다. 일 때문에 늦었지만 모두 환영해 주세요."

제작자의 소개가 있은 후 신유리가 고개를 숙이며 인사를 했다.

"신유리입니다. 집안일 때문에 늦어 죄송합니다. 아무것도 모르는 신인이지만 열심히 하겠습니다."

짝짝짝짝!

짧지만 예의바른 모습에 사람들은 박수로 환영했다. 그리고 그녀가 내 맞은편 자리에 앉자 곧 원래의 분위기로 돌아갔다. 방에서 신유리의 등장을 신경 쓰는 사람은 나밖에 없는 듯 보였다.

"안녕하세요, 김철 씨죠? 신유리예요."

주변에 앉아 있는 사람들에게 먼저 인사를 한 그녀는 마지막으로 나에게 인사했다.

"…반갑습니다. 나이도 비슷하게 보이는데 앞으로 친하게 지내요."

여러 가지 생각이 들었지만 모두 무시하고 환하게 웃으며 악수를 청했다.

                    *   *   *

　"힐! 형님이 조사하라고 했던 신유리가 저 신유리라는 소리
잖아요?"

　궁중 한복을 곱게 차려입고 촬영 중인 신유리를 보고 석두
가 나지막이 중얼거렸다.

　"응."

　"영화에 이어 드라마까지 같이하게 되다니 정말이지… 근데
저 여자완 도대체 무슨 관계예요?"

　"글쎄? 정확하게는 아무런 관계도 없는 여자지."

　'이번 인생에선'이라는 말은 굳이 말하지 않았다.

　"에이, 아무런 관계도 없는 여자 뒷조사를 시키고 이번엔 미
행까지 하라는 게 말이 된다고 생각하십니까?"

　"너, 영화 촬영장에 가기 싫으냐?"

　"수현 누님이랑 혜정 누님이 기다리시는데 당연히 가야죠!"

　대도 촬영장에서 전수현과 김혜정을 소개받은 석두는 나보
다 그들을 더 챙기며 쫓아다니고 있었다.

　"누가 들으면 진짜 니 누난 줄 알겠다. 한데 어쩌냐? 난 내 말
안 듣는 매니저 따윈 필요 없는데."

　"치사하게 그런 걸로 협박을… 합니다, 해! 두 누님을 위해서
라면 뭔들 못하겠습니까!"

　과연 계속 석두를 매니저로 데리고 다녀야 할지 의문이 드는
순간이었다.

　"참, 형님. 상수 연락은 받았습니까?"

"응. 본거지를 서울로 옮긴다고 연락 왔더라."

"그 자식 어리바리하게 봤는데 능력이 꽤 좋은 것 같아요. 안 그래요?"

"그러게 말이다. 서울 진출이라니……."

내가 준 수첩으로 경찰청장과 거래를 제대로 한 모양이었다.

"저희가 예전에 하던 방법대로 해서 돌핀파 밑에 있던 조직들도 벌써 흡수한 모양이더라고요."

"깡패의 의리는 돈으로 이루어지는 거니까."

두목이 조금만 덜 먹으면 만사가 편해지는 법이었다. 즉, 두목을 해도 폼만 조금 더 날 뿐, 버는 건 비슷하다는 생각만 심어주면 굳이 위험을 무릅쓰고 배반을 하려는 사람은 없다.

"…한번 가셔야 하지 않겠어요?"

"손님인 척 한번 다녀오든가."

"…안 말리십니까?"

"말린다고 될 일도 아니잖아?"

"그럼 저랑 같이 가시죠? 애들이 요거 준비해놓고 기다리겠답니다. 서울 애들은 어떤지 맛이라도 봐야 하지 않겠습니까? 헤헤!"

류성은이 석두의 지금 모습을 봤다면 '역시 남자들은'이라며 그가 들고 있는 새끼손가락을 자르려고 했을 것이다.

"난 천천히 갈 생각이다. 지금 가봐야 족보 만드는데 도움밖에 더 주겠냐?"

"하긴 지금쯤 경찰과 검찰에서 조직계보도를 파악하려 혈안이 되어 있겠군요. 저도 좀 지난 다음에 가봐야겠네요. 쩝!"

아쉽다는 입맛을 다시는 석두.

"파티에서 만난 아가씨는 어쩌고?"

"간혹 연락은 오는데… 다시 줄 생각을 안 하더라고요. 치사해서 포기했습니다. 누굴 어장의 물고기로 아는 건지."

"간만에 별식이나 먹어 보라고 메시지를 보내봐라. 혹시 아냐."

"에이~ 설마 그런다고 연락이 오겠어요?"

말도 안 된다고 하면서도 슬금슬금 구석으로 가서 메시지를 보내는 그였다. 그리고 잠시 후 새어나오는 웃음을 참으며 다가왔다.

"형님, 저… 내일부터 가면 안 될까요?"

농담처럼 한 말이 통할 줄은 나도 몰랐다.

"그래라. 네 연애까지 방해하고 싶진 않다. 대신 지금 가서 선팅 잘된 차로 렌트해 둬라."

"알겠습니다! 지금 당장 임무를 완수해 두겠습니다."

내 마음이 변할까 눈 깜박할 사이에 사라지는 석두의 뒷모습을 보고 있는데, 스태프 중 한 명이 다가왔다.

"촬영 준비 해주세요."

"예, 조수란 씨."

난 가급적 스태프의 이름까지 외우려고 노력했는데 그것이 같이 일하는 사람으로서 최소한의 예의라고 생각해서였다.

아직까지 방송 전이었기에 드라마 촬영엔 여유가 있었다. 그래서인지 9시쯤 촬영이 끝이 났다.

재빨리 인사를 한 후 옷을 갈아입고 주차장으로 가 석두가 준비해 둔 차에 올랐다.

한데 급하게 서두른 것이 우습다는 듯 신유리는 주차장의 차가 절반쯤 빠져나갔을 때쯤 도착했다.

"성격 느긋한 건 여전하네."

드라마와 영화를 동시에 같이 출연하게 되었다는 인연 때문인지 인사도 자주하고 얘기도 간혹 하며 지내다 보니 과거—오로지 나의 입장에서—의 원망과 미움은 어느새 사라져 담담하게 볼 수 있게 되었다.

각설하고 난 조심스럽게 그녀의 차를 뒤쫓았다.

어차피 집도 알고 있었기에 급할 건 없었다.

신유리가 머물고 있는 곳은 그녀 명의로 된 강남에 위치한 아파트였다. 10억이 넘는 곳으로 그녀의 부모가 살고 있는 집보다 3배는 비싼 곳이니 부모가 사줬다기엔 무리가 있었다.

난 그녀가 사는 아파트 입구와 지하 주차장이 보이는 중간 지점에 차를 대고 오가는 차와 사람들을, 그리고 아파트에 불이 켜진 층수까지 꼼꼼하게 살폈다.

'지루하네.'

신유리가 사는 1102호의 불이 켜지고 1시간쯤 지나자 하품이 나왔다.

지하 주차장을 오가는 차들이 다 외제차이긴 했지만 민종수라고 의심되는 차량은 없었다.

"아하~ 함!"

다시 입이 찢어져라 하품을 하고 있을 때 입구 쪽에 차량 두

대가 와서 주차하고 있었다.

한 대는 한눈에 보기에도 비싸 보이는 슈퍼카였고, 다른 한 대는 내가 타고 있는 차만큼 짙게 선팅이 된 차였다.

슈퍼카에서 내린 사내는 선글라스를 낀 채였고 내리자마자 입구로 바로 들어가 버렸지만 난 그가 누구인지 단번에 알 수 있었다.

민종수, 바로 놈이었다.

"오호~ 502호의 불이 켜진단 말이지……."

하긴 류성은과 약혼한 사이인데 어설프게 여자를 만나지는 않을 터, 최소한의 빠져나갈 구멍을 마련해 둔 모양이었다.

민종수가 한국에 있다는 걸 알았지만 그가 평소 어디에서 지내는지도 알아둘 요량으로 난 그가 아파트에서 나오길 기다렸다.

"쩝! 비암그라라도 먹은 건가?"

놈이 들어간 지 1시간 30분, 심심함과 추위를 이기기 위해 호흡법을 하며 기다렸지만 나올 생각을 하지 않고 있었다. 하지만 내가 자리를 떠나지 않는 이유는 놈을 따라왔던 강남 두치파의 조직원으로 보이는 사내들이 움직이지 않고 있었기 때문이었다.

다시 30분쯤 호흡법을 하고 있을 때 담배를 피우고 있던 사내들이 분주해졌다.

그리고 곧 민종수가 나왔다.

시동을 걸고 출발하는 그들의 뒤를 밟기 시작했다.

"그 자식, 더럽게 밟네."

택시 기사들만큼 길을 잘 알고 있었기에 미행이 어려울 거라고 생각하지 않았다.

한데 놈들도 길에 대해 나만큼 잘 알고 있었다. 게다가 능력되면 박으라는 듯 운전을 하니 몇 번이고 놓칠 뻔했다.

'눈치챘군.'

잘 가던 두 대의 차량이 갑자기 우회전하며 골목으로 들어갔다.

짧은 순간 계속 쫓을지를 고민을 하던 나는 그대로 직진을 했다.

오늘은 민종수가 한국에 있다는 것만으로 만족해야 할 모양이었다.

*   *   *

"…사랑해."

절색이라고 할 수 있는 최정연이 땀으로 젖은 머리를 넘기며 상기된 얼굴로 사랑한다고 말했다.

속도를 늦춰가던 심장이 다시 거세게 펌프질을 할 만큼 아름다운 모습이었지만 난 가벼운 입맞춤으로 대답을 대신하곤 그녀의 품에서 일어났다.

"나 먼저 씻을게."

서운해하는 표정을 못 본 척하고 샤워실로 향한 난 두 시간 동안 쾌락에 젖어 있던 몸을 차가운 물로 닦아냈다.

"같이할까?"

얇은 이불로 몸을 감싼 최정연이었다.

"내일 광고 찍어야 해서 일찍 자야 한다며?"

"그렇게 하고도 샤워만 할 수 없는 거야?"

"생각해 보니 그러네. 음란마귀가 씌웠나 보다."

물을 따뜻하게 만들며 손짓으로 들어오라고 말했다.

샤워실은 둘이 있기에 충분히 넓었고 서로의 몸을 바디샴푸로 닦아주며 샤워를 했다.

"혹시… 나 말고 만나는 사람 있어?"

샤워를 마치고 최정연의 머리를 말려주는데 그녀가 거울로 날 보며 넌지시 물었다.

"아니, 넌?"

"나도 없어. 그럼, 우리… 한 발자국만 더 나아갈까?"

"글쎄……."

말을 길게 늘이며 최정연을 좋아하는지 스스로에게 질문을 던져 보았다.

대답도 '글쎄'였다.

사랑이라는 감정을 전혀 모르는 염과 사랑에 배신당한 김철이 합쳐진 것이 나이다 보니 꼭 집어 '이것이 사랑이다'라고 말하기가 애매모호했다.

난 솔직하게 말했다.

"지금까지 누군가를 사귀어본 적이 없어서 뭐라고 할 수가 없네. 좀 더 생각할 시간이 필요해."

"설마 단 한 번도 누굴 사귄 적이 없었던 거니?"

"응. 아! 물론 여자 경험이 없는 건 아냐."

"그건 너랑 키스할 때부터 알아봤어. 근데 정말 아무도 사귄 적이 없었어? 난 솔직히 과거에 네가 수백 명을 만났다고 해도 상관없어."

"없어."

"마지막으로 물어볼게. 그럼 가장 오랫동안 만난 사람과는 얼마동안 만났어?"

"두 달쯤 되어가고 있어."

"나?"

난 고개를 끄덕이는 걸로 대답을 대신했고, 묘한 표정으로 무슨 말을 해야 할까 고민하는 그녀를 위해 화제를 돌렸다.

"참! 나 며칠 전에 백제호텔에서 민종수 봤어."

"미향투자건설의 민종수?"

"응. 너무 반가워 인사를 하려고 했는데 날 못 봤는지 차를 타고 가버리더라고."

"…그래?"

내가 알아낸 차종과 차번호를 석두에게 말해주자 그는 하루 만에 민종수의 위치를 알아냈다.

바로 찾아가 죽여 버릴까도 생각했지만 10년간 겪어야 했던 참담한 생활을 그에게도 똑같이, 아니, 수십 배, 수백 배 느끼게 해주고 싶었다. 그리고 그 계획의 첫 번째가 손발을 자르는 것이었다.

최정연에게 넌지시 일러줌으로써 류성은과의 관계를 멀어지게 할 속셈이었다.

"자식, 한번 보고 싶네."

난 혼잣말처럼 중얼거리는 것을 끝으로 더는 민종수에 대해서 언급하지 않았다. 이 정도면 충분히 류성은의 귀에 들어가리라는 생각에서였다.

"모레 뭐해?"

"영화 촬영."

"밤에 볼까?"

"미안, 그날은 할 일이 있어."

"웬만하면 시간 좀 내. 다음날 일주일간 파리에서 화보 촬영이 있어서 보고 싶어도 못 봐."

모레는 보스몹을 잡기 위한 준비를 해야 하는 날이었다. 이날을 놓치면 몇 달을 기다려야 할지 몰랐기에 도저히 연기를 할 수가 없었다.

"정말 중요한 일이라 불가능 해. 외로우면 프랑스 남자 함 꼬셔봐. 이번엔 눈감아 줄게."

"…제법 애인 같은 소리를 다하네?"

"아까 한 발자국씩 다가가자며? 싫다면 원래대로……."

"아, 아냐! 좋아!"

"오케이! 그럼 재미있게 보내고, 다녀와서 봐."

아직까지 최정연 이상 가는 여자는 없었다. 혹시 다른 여자가 생겨 정리를 하게 된다면 모를까 그전까지는 꾸준히 관리를 해줘야 했다.

*　　　　*　　　　*

"방찬희! 너 어제 부장님께 특임과로 가라는 말 못 들었어?"

"들었지만… 이번 일을 끝내고 가겠습니다."

방찬희는 국정원 특수분과에서 일을 하다가 얼마 전 보호 대상자를 지키지 못했다는 이유로 어제 특수임무과로 발령을 받았다.

물론 그 발령이 그를 아끼는 부장과 과장이 피해를 최소화하고자 명한 일이라는 걸 알고 있었다.

하지만 고작 강도 따위에게―정신을 차렸을 때 옷장 속에서 상당한 금액이 사라진 것을 보고 특수분과에선 그렇게 판단했다―기절을 당하고 보호 대상자를 잃은 일은 그의 자존심에 커다란 상처와 함께 트라우마를 건드렸다.

"당장 특임과로 안 꺼져?"

과장의 호통에도 묵묵부답하곤 사건 현장의 CCTV를 돌려 보았다. 하지만 모니터가 꺼지며 착 깔린 과장의 목소리가 들려왔다.

"이 새끼가 잘해 줬더니 보이는 게 없냐?"

화가 났다는 증거, 방찬희는 더 이상 과장의 말을 무시하지 못하고 자리에서 일어나 차렷 자세로 말했다.

"일주일만 주십시오. 잡을 수 있습니다."

"니가 일주일 만에 잡을 수 있다면 우리 과는 얼마나 걸릴 것 같냐? 네 도움 필요하면 지원 요청할 테니까 일단 특임과로 가."

"…알겠습니다."

워낙 확고했기에 고집을 피워도 소용없음을 깨달은 방찬희는 순순히 명령에 따를 수밖에 없었다.

"무궁화 경호대에서 지원 요청이 와서 특임과가 지금 바쁘니 얼른 가봐. 짐은 나중에 가져가고."

무궁화는 대통령을 말하는 것이었다.

쫓겨나다시피 특수분과를 나와 특수임무과로 들어가자 한참 지시를 내리던 진우신 과장이 살짝 인상을 구기며 다가오라고는 듯 손가락을 까닥거렸다.

"대리 방찬희……."

"보고는 됐다. 출근 시간에 늦은 것에 대해선 일이 끝난 후에 듣기로 하고 일단 완주랑 내일 무궁화가 뜰 곳을 돌아보며 취약한 곳이 있나 살펴봐. 이미 2주일 전부터 경호대에서 살폈고, 지난 이틀 동안 우리 애들이 살피긴 했지만 한때 저격수였던 네가 저격수의 입장에서 한번 살펴봐."

"…그러겠습니다."

"나머진 완주에게 듣고 지금 바로 출발해. 참! 경호대에서 뭐라 하면 닥치고 듣기만 해. 쓸데없이 싸웠다간 이번엔 부장님이라고 해도 널 도울 수 없을 거다."

방찬희가 특수임무과로 오기 싫었던 이유 중에 진우신이 있다는 것도 한몫을 했었다.

물론 처음부터 사이가 나빴던 것은 아니다. 같은 특수부대 출신으로 여러 번 같은 임무에 투입되며 가족처럼 친했던 적도 있었다.

하지만 어디까지나 '가족처럼'이지 가족은 아니었던 모양이었다.

임무도중 진우신의 친동생이 적의 손에 죽는 일이 발생했다. 그리고 진우신은 동생의 죽음을 저격수였던 방찬희가 경계를 소홀히 해서 생긴 일이라고 생각하며 그때부터 그를 괴롭히고 있었다.

'빌어먹을, 잊었다고 생각했는데……'

그의 실수는 아니었지만 방찬희라고 동료의 가족이 죽었다는 것에 죄책감이 없는 건 아니었다. 저격수를 그만두고 군을 떠난 이유도 그 때문이지 않았던가.

또한 경호대상자가 죽은 것에 매달리는 것 또한 그때의 트라우마 때문인지도 모른다.

"대리님도 참, 진 과장님 성격 아시면서… 일단 이쪽으로 출근했다가 잠잠해지면 특수분과에서 어련히 부르지 않았겠어요?"

차로 향하는데 국정원에서 알게 된 여자 후배 김완주가 아는 채 조잘댔다.

"…시끄럽다. 누가 입이 두 개 아니랄까 봐……"

"꺅! 성희롱 발언이에요! 제가 감사과에 신고를 하면 당장 모가진 거 몰라요? 어쩜, 예나 지금이나 하나도 변한 게 없네요."

"…미안하다. 내가 경솔했다."

반격을 하게 되면 하루 종일 잔소리가 끊임없이 쏟아질 것이 빤했기에 사과를 했다.

사실 김완주도 처음엔 특수분과였으나 가벼운 입 때문에 쫓겨난 거나 다름없었다.

차에 올라 현장으로 가는 내내 한 마디도 하지 않고 창만 보고 있어설까, 김완주는 심심한 건지 위로를 하려는 건지 한마디 했다.

"대리님 탓이 아니에요."

"그게 위로냐, 놀리는 거냐?"

"음, 보통 이런 말하면 눈물을 펑펑 쏟던데……."

"날 울리고 싶었냐? 왜, 내가 울면 안아주기라도 할 셈이었냐?"

"뭐, 원한다면. 안아줄까요?"

"…돼, 됐다. 운전이나 똑바로 해라. 놈을 잡을 때까지 죽을 마음은 없으니까."

차가 순간적으로 중앙선을 넘어 마주오던 승용차와 부딪힐 뻔했다.

"근데 저도 그 사건에 대해 얼핏 들었는데 이상한 점이 있더라고요."

운전 중에 두 번 다시 대답하지 않겠다고 다짐 또 다짐을 했지만 궁금함에 결국 입을 여는 방찬희였다.

"…뭐가?"

"범인을 강도라고 단정하고 있다고 들었는데 좀 이상하지 않아요?"

"많이 이상하지. 보호 대상자는 죽이고 우리는 살려둔 것이나, 마치 처형을 하듯이 총을 세 방이나 쏜 것이나, 범행 흔적을 보면 분명 복수나 원한형의 살인인데 돈을 챙겨간 것이나……."

"맞아요! 제가 가장 이상하게 생각한 것도 원한형 살인인데 돈을 챙겨갔다는 점이에요. 물론 돈이 필요해서 챙겨갔다고 생각할 수 있지만 왠지 어색하거든요. 그래서 제 생각엔 범인 따로 도둑 따로 있는 게 아닐까 생각했어요."

"범인과 도둑이 따로 있다?"

"얼핏 듣기론……."

얼핏 들었다면서 김완주는 수사를 하는 방찬희만큼 사건에 대해 잘 알고 있었다. 게다가 현장 사진만을 보고 하는 추리임에도 상당히 그럴싸하게 들렸다.

"그러니까 네 말은 범인이 떠난 후 우연찮게 도둑이 들어와 돈만 챙기고 갔다?"

"범인보다 약간 먼저 혹은 약간 후에 들어왔을 수도 있죠. 그리고 사건이 일어난 후에 돈을 가지고 유유히 사라진 건지도 모르죠."

"아!"

김완주의 말에 꽉 막혀 있던 사건의 한부분이 풀리는 걸 느꼈다.

CCTV에서 자신과 싸웠던 얼룩무늬 비옷을 입고 얼굴을 마스크를 가린 사내는 찾을 수가 없었지만 사건이 일어나기 전후로 CCTV에 잡힌 남자가 있었다.

만일 그자가 도둑이고 사건 현장에서 있었다면 범인에 대해 봤을 가능성이 높았다. 즉, 그 도둑을 잡으면 사건에 대해 한결 쉽게 풀릴 수도 있다는 얘기였다.

"제가 아주 결정적인 단서를 제공한 모양이네요. 뭐 많이 고마워할 필욘 없어요. 적당한 안주에 술 한 잔이면 충분해요.

"결정적이진 않지만 괜찮았으니 사주마."

"오호! 순순히 사준다는 걸 보니 결정적인 게 맞나 보네요. 더 중요한 것도 있는데 그땐 뭘 사달라고 하지?"

"뭔지 몰라도 당장에 말하지?"

"술 마시면서 힌트는 줄게요. 그전까지는 절대 말 안 해줄 거예요."

말은 많아도 한 번 말하지 않겠다고 하면 절대 하지 않는다는 걸 알기에 입을 다문 방찬희는 창밖으로 시선을 돌렸다.

'마스크! 네놈은 반드시 잡고 만다.'

방찬희는 자신의 상처를 건드린 범인을 꼭 잡고 싶었다. 그러나 또 다른 죽음이 그를 기다리고 있음을 이때까진 알지 못했다.

제11장

실행

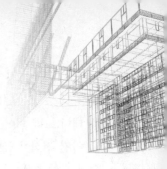

"대리님, 저 파전 먹고 싶어요."

"방금 튀김 먹지 않았냐?"

"그건 그거고요. 제가 한참 성장기라 먹을 게 자꾸 당기네
요."

"…임신한 건 아니고?"

"꺅! 정말 처녀한테 못하는 소리가 없어! 이러시면 중요하다
고 한 얘기는 절대 안 가르쳐 줄 거예요!"

방찬희는 길게 한숨을 내쉬며 끓어오르는 화를 가라앉혔다.

'별거 아니기만 해봐. 그냥……!'

가까스로 화를 참은 방찬희는 썩은 미소를 날리며 김완주를
다독였다.

"점심시간도 얼마 남지 않았는데 계속 먹기만 해봐. 그럼 경

호대에서 나온 사람이 우릴 어떻게 보겠냐? 진 과장한테 내가 박살 나는 게 보고 싶냐? 그러지 말고 점심 먹을 때 파전시켜 줄 테니 그때 먹어."

"하긴 점심이 금방이네요. 그럼 점심 때 먹기로 하고 다음은 어딜 보실 거예요?"

"우현 아파트."

우현 아파트는 중곡시장 입구에서 보이는 가장 높은 건물로 지붕이 덮인 시장의 가장 깊숙한 곳까지 볼 수 있는 곳이었다.

"거긴 옥상에 경찰특공대 저격수가 배치되기로 했어요. 경호대, 경찰, 저희까지 하면 벌써 열 번이 넘게 했을 걸요."

"그만큼 중요한 곳이니 한 번 더 봐야지."

"네네, 누가 말리겠어요."

우현 아파트는 두 개 동으로 1동의 경우는 2동에 가려져 중곡 시장이 거의 보이지 않아 신경 쓸 필요가 없었다. 다만 2동의 경우 옥상에서 중곡시장 입구의 10미터 안까지 보여 저격을 하기 좋은 위치였다.

"으~ 춥다. 내일 저격수들 고생 좀 하겠네요."

옥상에 들어서자 싸늘한 바람이 얼굴을 때렸다.

"한겨울에 비하면 껌이지. 망원경 좀 줘볼래?"

"여기요."

김완주가 건네는 망원경을 받아든 방찬희는 자신이 범인이라는 생각하에 움직이기 시작했다.

"이 건물이 17층이지? 그럼 17층에서도 저격이 가능할까?"

"불가능해요. 주민들에게 협조를 구해서 창문으로 확인했는데 지붕만 보인다고 하더라고요."

"내려가서 볼 수 있을까?"

"포기하세요. 지난번에 황 대리님이 협조를 구하려다 엄청 욕먹었대요."

"대통령을 싫어하는 사람이었나?"

국민들이 싫어하는 일을 바득바득하는 바람에 현 박명수 대통령의 인기는 최악이었다.

그러나 국민들이 박명수 대통령이 벌이고 있는 각종 일들을 안다면 어쩌면 탄핵을 해야 한다고 들고일어날지도 모르는 일이었다.

아마 다음 대선에서 현 야당이 정권을 잡는다면 법정에 설 것이 분명했다.

"특이하게 좋아하는 사람이었는데 하도 괴롭혀서 이젠 싫어하게 되었다더라고요."

"뭐 새삼스럽지도 않은 일이네. 어쨌든 욕먹고 싶지 않으니까 밑에서 확인하는 건 포기해야겠네."

경호대나 경찰, 국정원 동료들이 일을 허투루 했을 리는 없을 것이다.

한참을 살펴봐도 딱히 눈에 띄는 건 없었다. 단지 중곡시장에서 제법 떨어진 곳에서 뭔가 촬영하는 것이 보였다.

"영화 촬영인가?"

"어디, 어디요?"

중얼거리기가 무섭게 망원경을 낚아챈 김완주는 옥상 난간에 떨어질 것 같이 붙어 촬영장을 쳐다봤다.

"어머, 안국태다! 대박! 정말 잘생겼다. 어? 김철이다! 어쩜 머리가 어떻게 저렇게 작니? 어머, 어머! 어쩜 저리 잘생겼을까? 꺄아~ 조, 좀 더 올려봐. 보, 복근이… 조금만 더! 조금만… 아얏!"

방찬희는 참다 참다 머리에 꿀밤을 때렸다.

"아주 그러다가 뛰어내리겠다. 그리 좋으면 아예 가서 사인이라도 받지 그러냐? 망원경 안 내놔! 지금 업무 중인 거 안보여?"

"아! 그런 수가 있었구나! 대리님, 저희 지기로 가요. 혹시나 임무에 방해가 될지 모르니 언제까지 촬영을 하는지 알아봐야 하잖아요?"

"죽을래? 가드업무 영역 밖이거든!"

"그래도 혹시 모르잖아요. 촬영 중에 공포탄 소리가 나면 어떻게 되겠어요? 난리가 날게 뻔하다고요."

"그야 구청에 전화해서 알아보면 될 일이야."

"그러지 말고 점심도 먹을 겸 저쪽으로 가요. 제가 김철 오빠 사인을 받으면 중요하다는 얘기 당장에 해드릴게요."

김완주의 행동에 어이가 없어하던 방찬희는 입꼬리를 실룩거리며 한마디 했다.

"그럼, 점심은 니가 사는 거다."

"치사하게… 콜!"

김완주의 말처럼 촬영이 내일까지 이루어지는지 확인을 해 경고를 해두는 것도 좋은 생각이었다.

그리고 어차피 점심시간. 밥은 먹어야 했다.

"컷! 여기까지 하고 밥 먹고 계속하죠."

"오늘 수현 씨가 요 앞 감자탕집 예약해 뒀으니 맛있게들 드시고 1시 30분부터 다시 촬영에 들어가도록 하겠습니다."

박성명 감독의 '컷' 사인이 떨어지자 옆에 있던 조감독이 큰 소리로 오전 촬영의 끝을 알렸다.

"고생들 하셨습니다!"

선배들과 스태프들에게 인사를 하고 석두를 찾았다. 역시나 항상 있는 전수현의 차 옆에서 그를 발견할 수 있었다.

내가 한참을 째려보고 있자 그제야 달려오는 시늉을 한다.

"아예 수현이 누나 매니저 해라."

"자리가 없대요."

"……."

"헤헤! 농담입니다. 제가 형님을 돌보지 않으면 누가 형님을 돌보겠습니까."

"고맙다고 해주랴?"

"넣어 두십시오. 다 마음에서 우러나 하는 일인데 생색내기 싫습니다."

"허, 허허허… 허허."

헛웃음이 절로 나왔다. 주변에 사람들의 시선이 없었다면 단언컨대 반쯤 죽여 놨을 것이다.

'어, 저 사람은……!'

회사원 차림의 남녀가 나를 보고 있었는데 그중 남자의 얼굴은 내가 아는 사람이었다.

'설마 머리카락이라도 떨어뜨린 건가?'

아무리 조심한다고 하지만 실수가 있었을 수 있었다.

심장이 두근댔다. 염을 보내 실수가 있기 전의 나에게로 경고를 보내야 하는 거 아닌가 싶었다.

하지만 곧 안정을 되찾았다.

우연히 지나가다가 들렀을 수도 있는데 도둑이 제 발 저린 것처럼 굴 이유가 없었다. 게다가 잡히더라도 과거를 바꾸면 되는 일이었다.

난 팬클럽이 있는 방향을 바라보고 손을 흔들어준 후 석두와 함께 음식점으로 향했다.

"넌 연기하는 게 신인답지 않아. 뭐랄까, 알게 모르게 연륜 같은 것이 느껴진다고나 할까?"

조덕한이 돼지 등뼈를 쪽쪽 빨며 나에게 말했다.

"왠지 애늙은이 같다고 놀리시는 거 같은데요?"

"그도 그러네. 애늙은이라… 너랑 딱 어울린다."

"헐~ 얘기가 어떻게 그쪽으로 가는 겁니까? 그건 그렇고 형님한테 늙은이라는 소리는 들으니 도저히 감사하다는 말은 안 나오네요."

그리 살가운 성격은 아니지만 자주 만나고 함께하는 시간이 길어지자 금세 친해졌고, 이젠 장난치는 것도 자연스러워졌다.

'근데 저 인간들은 감독과 무슨 얘기를 하는 거야?'

난 같은 테이블에 앉은 선배들과도 이런저런 얘기를 하면서 박성명 감독과 얘기를 나누고 있는 회사원 차림의 두 남녀를 슬쩍슬쩍 살피고 있었다. 하지만 독순술을 배우진 않았으니 그들이 무슨 얘기를 하는지는 알 길이 없었다.

'젠장! 체하겠군.'

감독과 얘기를 끝낸 두 사람은 내 맞은편 의자에 앉아 감자탕을 시켜 먹으며 연신 나를 바라보고 있었다.

아무리 담대하게 나가기로 했다고 해도 신경이 쓰일 수밖에 없었다.

게다가 여자가 나랑 눈이 마주치자 수줍게 손을 흔들었는데 순간 등골이 오싹해졌다.

점심을 먹는 둥 마는 둥하고 석두가 사가지고 온 커피를 마실 때 마침내 두 사람이 움직였다.

그리고 여자가 뒤로 했던 손을 빠르게 앞으로 내밀었을 때 난 긴장감이 풀리며 욕이 튀어나올 뻔했다.

그녀가 내민 건 종이였다.

"사인 좀 부탁드려도 될까요? 오빠들 팬이에요!"

"허허허! 물론이죠. 근데 아까부터 기다린 것 같은데 이왕이면 사인지에 해주는 게 더 좋겠죠?"

사람 좋은 조덕한을 시작으로 각자 매니저를 불러 사인이 되어 있는 사인지를 두 사람에게 건넸고 나 역시 허탈함을 지우고 사인지를 건넸다.

"감사합니다. 영화 대박나길 빌게요. 이왕이면 악수를 할 수 있는 영광도……."

넉살이 보통이 아니었다.

두 사람은 폭풍처럼 음식점을 돌며 스타들의 사인을 받고 악수를 했다. 그리고 안절부절못했던 것이 우습게 조용히 떠났다.

"저 사람들 누굽니까?"

난 지나가는 말처럼 박성명 감독에게 물었다.

"국정원에서 나왔는데 내일 아침 11시쯤 대통령이 중곡시장에 온다고 화약 사용은 자제해 달라더라."

총을 가지고 있어서 그러지 않을까 생각했는데 역시나 국정원 직원이었다.

"국정원 직원처럼 보이진 않던데……."

"여자는 좀 가벼워도 남자는 눈이 꽤 매섭더라. 그나저나 민생을 다 망쳐놓은 인간이 민생 시찰이라니 아이러니 그 자체 아니냐?"

"그렇습니까?"

"정치엔 관심 없냐? 하긴 고칠 생각이 없는 자들에게 뭘 바라겠냐. 쯧! 우리는 영화나 열심히 찍자. 가자."

체념어린 말을 던지곤 휘적휘적 촬영장으로 향하는 박성명 감독. 난 그의 뒤를 따르며 국정원 두 남녀에 대해 생각했다.

왠지 그들과의 인연이 오늘이 끝이 아닐 것 같았다.

'방해만 되지 않는다면 아무래도 상관이 없겠지.'

난 대수롭지 않게 두 사람에 대한 생각을 정리하고 오늘 밤 해놓을 일에 대해 생각에 빠졌다.

저격? 설사 내가 백발백중의 실력자라고 해도 사격 가능한 위치는 모두 봉쇄되어 불가능했다. 근접 공격 또한 마찬가지, 마스크를 쓰고 다가가는 순간 수십 명의 공격을 받을 게 뻔했다.

그렇다면 조금이라도 저격이 가능하려면?

양동작전이 필요했다.

물론 석두를 이용할 생각은 없었다. 설령 저격에 성공한다고 해도 석두가 잡힌다면 나 역시 잡히는 건 시간문제였다.

'가능성은 충분해.'

술자리에서 믿었던 수하에게 총격을 당해 죽은 대통령은 있었지만 저격을 당해 죽은 대통령은 없었다. 그러기에 '설마'라는 틈이 있을 것이고 난 그 틈을 노릴 생각이었다.

"눈이라도 내리면 더 편하겠는데……."

그러나 하늘은 구름 한 점 없이 맑았고 내일도 맑은 날씨라고 기상청은 예보했다.

*   *   *

방찬희, 김완주가 아침 일찍부터 와서 맡은 구역은 가드영역 끄트머리나 다름없었다.

이어폰으로 위치명과 '이상무'라는 말들이 오고갔지만 그 둘에겐 이상 유무를 묻는 사람은 아무도 없었다.

"인상 좀 펴요. 수상한 점이 없는 이상 보고하지 않아도 되는 곳에 배치된 것이 얼마나 행운인 줄 아세요? 아침에 사람들이 부러워하는 걸 봤잖아요?"

"…그게 부러워하는 눈빛이냐? 비웃는 눈빛이지."

김완주의 말처럼 편한 자리이긴 했지만 편한 만큼 돌아오는 것이 없는 자리였다.

"사람이 참 부정적이야. 제가 볼 땐 분명 부러워하는 눈빛이었다고요."

"그래, 그래. 네가 너랑 말싸움해서 뭐하겠니. 커피나 계속 마셔라."

"커피가 떨어졌는데 대리님이 사는 거죠?"

"이게 누굴 봉으로 아나… 니 돈으로 사먹어!"

"어제 제가 점심 샀잖아요. 그리고 중요한 얘기도 조건 없이 해줬고요."

"점심을 니가 산 거냐? 감독이 그냥 먹고 가라고 한 거지. 그리고 조건이 왜 없어? 김철인지 머시긴지 사인만 받으면 된다며? 넌 어떻게 된 게 어제 일인데도 너 유리한 쪽으로만 기억을 하고 있냐?"

"알았어요, 알았어. 커피는 제 돈으로 사먹을게요. 한데 대리님은 뭐 마실 거예요?"

"……"

"캐러멜 든 단 걸 좋아하죠? 그걸로 사다 줄게요."

기분 좋게 커피숍으로 들어가는 김완주의 뒷모습을 보는 방찬희의 표정은 상당히 묘했다.

말을 하다 보면 처음과는 전혀 다른 방향으로 얘기가 끝나고, 막상 말다툼을 해 이겼다고 생각해도 생각해보면 김완주의 생각대로 움직이는 느낌이었다.

이번에도 마찬가지였다.

조금 전에 커피를 마시느니 마니에 대해 얘기를 하다가 자신은 안 마시기로 결정했는데, 10분도 되지 않아 어느새 커피를 마실 상황에 이른 것이다.

"자요! 다음엔 꼭 대리님이 사요."

퉁명스럽게 김완주가 내미는 1회용 커피 잔을 받으며 그는 그녀가 들고 있는 커피 잔을 봤다.

립스틱 자국과 김이 전혀 나지 않는 걸 보니 조금 전까지 먹고 있던 그 잔이었다.

'설마… 에이, 아냐. 내가 무슨 생각을……'

자신을 좋아해서 하는 행동이 아니라고 생각하면서도 방찬희 가슴이 설레는 건 어쩔 수 없었다.

말이 많다는 점을 뺀다면 꽤 호감형의 미인에 운동으로 다져져 몸매 또한 어디 가서 빠지지 않았다. 또한 명문대학교를 졸업하고 집안까지 좋아 처음 그녀가 특수부에 배정됐을 때 총각들 중 그녀에게 작업을 걸지 않은 사람이 없을 정도였다.

"험험! 피, 필요 없다니까……."

주책없이 뛰는 심장 소리가 그녀에게 들킬세라 퉁명스럽게 말을 한 그는 돌아서 일부러 다른 방향으로 천천히 걸었다.

"날씨 좋네요. 우리, 점심은 뭐 먹을까요?"

자신이 걷는 속도에 맞춰 조용히 옆으로 다가온 김완주가 물었다.

"일은 시작도 안했는데 벌써부터 점심 걱정이냐?"

"솔직히 저희가 할 게 없잖아요. 아마 다른 사람들도 대부분 점심을 뭐 먹을지 걱정하고 있을걸요."

"그렇겠지. 하지만 말이야 내가 지난번… 일로 배운 게 있는데 절대 방심하면 안 된다는 거야. 방심이 빈틈을 만들고, 그 빈틈을 적이 노리는 법이니까."

"알죠. 하지만 달리 생각하면 지금까지 단 한 번도 별다른 문제가 일어나지 않았다는 건 사람들이 그만큼 노력을 했다는 말이나 다름없지 않나요?"

"노력을 폄하할 생각은 없어. 하지만 알게 모르게 '일어나지 않을 일'이라고 마음속으로 생각하는 게 문제라는 거지."

"개개인이 가진 마음까지 어쩌겠어요? 그건 명령으로 되는 게 아니잖아요."

틀린 말은 아니었다. 안타까웠지만 그가 할 수 있는 일이라곤 언제나처럼 아무 일 없이 지나가길 바라는 것뿐이었다.

─무궁화가 숲을 떠나 목적지로 오고 있다. 모두들 각자 맡은 구역에 대해 보고하도록

경호대장의 말에 또다시 '이상무'가 이어졌다. 그리고 좀 더 시간이 지난 후 '모두 긴장하라'고 담담하게 뱉는 경호대장의 목소리와 함께 대통령이 도착했다.

'정말 긴장감 없는 기계적인 목소리군.'

대통령이 도착했다는 말에 멀리 있던 자신이 긴장한 것이 부끄러울 지경이었다.

그러나 곧 심장이 서늘하게 식는 소리가 들려왔다.

타다당! 타다당! 타다당!

은은했지만 소총을 점사에 놓고 쏘는 소리였고 뒤이어 그의 이어폰으로는 다급한 목소리들이 들려왔다.

─무궁화가 공격을 당하고 있습니다!

―지붕인 것 같다! 저격조! 시장 지붕 위에 적을 확인하라! 경호대 무궁화를 긴급히 대비시켜라!

　―천장이 깨져 떨어지며 시민들이 동요를 하고 있어 무궁화를 이송할 수 없습니다!

　―경호대! 경찰! 주변에 있는 사람들은 빨리 길을 뚫어. 무궁화의 안전이 최우선이다!

　―여긴 저격조, 지붕에는 아무도 없습니다. 아! 우현아파트입니다. 우현아파트 17층 맨 좌측창문에 총이 있습니다.

　―저격수들은 총을 쏘지 못하게 막아라! 그리고 근처에 있는 X조, W조, Z조 우현아파트로 진입! 주변에 있는 경찰 2개조도 백업할 수 있도록.

　―주, 주민들이 통제에 따르지 않습니다. 무궁화를 차까지 모셔야 하는데…….

　지시를 내리는 자, 지시에 답하는 자, 상황을 보고하는 자의 말이 두서없이 들리는 것은 물론이고 총소리와 시민들의 비명 소리까지 아비규환이 이어폰에서 일어나고 있었다.

　"대, 대리님, 저희는 어떻게 해야 합니까?"

　아무리 국정원 직원이고 고도의 훈련을 받았다곤 하지만 실전은 처음인지 김완주의 목소리와 몸은 가느다랗게 떨리고 있었다.

　"일단 지시가 내려질 때까지 제자리를 지킨다. 어디서 적이 나타나든 대응할 수 있는 곳을 찾아."

　"알겠습니다!"

　일단 범인, 혹은 범인 집단이 쫓기어 자신들이 보고 있는 지역으로 올 수도 있는 일이었다. 그러니 혹시 모를 총격전이 발생하더라도 몸을 숨기며 맞대응할 수 있을 곳이 필요했다.

방찬희는 지시를 내리면서도 귀에 거의 모든 정신을 집중했다.

—여긴 W조. 지금 10층. 곧 17층으로 도착할 예정입니다.

—총격은 멈췄지만 시민들은… 큭!

—정신없이 밀리고 있습니다. 어서 길을 터주십시오!

—접근 차체가 어렵습니다. 아이, 씨발! 질서들 좀 지키라고!

—비켜! 비키라고!

마이크를 끄고 말을 해야 한다는 것도 잊은 건지 상황은 갈수록 나빠지는 듯 들렸다.

'가만? 17층에선 저격을 할 수 없다고 들었는데… 그렇다면… 성동격서!'

범인은 애초에 천장을 노렸고, 지금처럼 혼돈스러운 상황이 되기를 기다린 것이다.

'대통령이 위험해!'

방찬희는 당장 달려가지 못하니 경고라도 할 생각으로 마이크를 켰다. 그러나 그가 말을 하기 전에 이상함을 눈치챈 이들이 있었다.

—17층의 총은 리모컨으로 발사되도록 조작되어 있습니다! 무궁화가 위험합니다!

—여긴 근접경호팀! 무궁화는 아직까지 안전합니다. 한데 뒤를 지키던 경호원 몇 명이… 보이질 않습니다!

—총을 쏴서 시민들을 엎드리게 만들어! 어서! 대통령님을

그곳에서 모시고 나오란 말이다!

탕! 탕! 탕!

시장 입구에 배치되어 있던 팀장 중 한 명이 권총을 들고 하늘로 쐈다.

만약 평소 총소리에 민감한 미국이었다면 모두 엎드렸을지 모르지만 여긴 한국이었고 총소리는 사람들을 더욱 흥분하게 만들었다.

그에 경호대의 대원들도 총을 꺼내 하늘로 방아쇠를 당겼다.

—어떤 미친놈이 총을 쏴? 쏘지 마! 쏘지 말라고!

—바, 방금 대장님이…….

—난 그런 명령 내린 적 없어! 근접경호팀! 무궁화는 무사한가?

—…….

—근접경호팀! 근접경호팀! 응답하라! 모두 지, 진입하라.

근접경호팀의 침묵과 지휘를 하던 경호대장의 다급한 목소리에 집중해서 듣고 있던 방찬희의 고개가 떨구어졌다.

이미 최악의 사단이 일어났음을 깨달은 것이다.

언제나 국민들을 잡던 위기관리 능력의 부재가 이번엔 최고 권력자를 잡은 것이다.

그리고 잠시 후, 누군가가 떨리는 목소리로 말했다.

—…무, 무궁화가… 떠, 떨어졌습니다.

*　　　　*　　　　*

사건이 발생했을 때 대처 능력도, 발생 직후 처리 능력도 엉

망이었다.

대통령이 죽고 일대를 통제했을 때는 사건 발생 두 시간이 넘어서였다.

하지만 그것도 완전한 통제라고 보기 어려웠다. 사건 현장 주변엔 경찰보다 기자들이 더 많았고, 3차선 도로가 한 개 차선을 제외하곤 방송국과 기자들의 차로 가득했다.

거기에 한 개 차선마저 경찰들이 통제해 일일이 신분을 확인하고 있어 도로는 주차장이나 다름없었다.

"세상에, 누가 대통령을 습격했을까요?"

"그걸 안다면 경찰들이 저러고 있겠냐?"

"하긴… 그나저나 대통령을 죽일 생각을 하다니, 정말 대담한 놈들이네요."

"그러게 말이다."

"혹시 북한 놈들 아닐까요? 북한 특수부대 애들 날아다닌다 잖아요."

"…충분히 가능한 얘기지."

난 차창 밖으로 부지런히 움직이는 사람들을 보며 석두의 말에 꼬박꼬박 대답했다.

정신적으로 피곤했지만 흥분도가 올라간 상태라 그런지 잠이 오지 않았다.

"근데 배는 좀 괜찮으세요? 아까 화장실에서 꽤 오래 있으셨 잖아요."

"네가 준 약 먹고 좀 괜찮아졌어."

"제가 약 지을 때 정성을 듬뿍 넣어주라고 했거든요. 헤헤헤!"

"고맙다. 이제 우리 차례다. 얼른 끝내고 집으로 가자."

"누님 집엔 안 가십니까?"

"외국 나갔다."

"그럼… 아! 안 되겠구나. 수고하십니다! 여기."

뭔가 말하려던 석두는 경찰이 다가오자 창문을 열고 신분증을 건넸다.

"실례합니다. 댁이 이쪽이 아닌데 이쪽엔 무슨 일로?"

"근처에서 영화 촬영이 있었는데 급보를 듣고 촬영을 접어 집으로 돌아가고 있습니다."

"아! 아까 지나간 분들에게 들었습니다. 가셔도 좋습니다."

"수고하십시오."

검문을 넘어서자 도로엔 차가 거의 없었고, 빠른 속도로 중곡동을 벗어나기 시작했다.

"아까 무슨 말 하려고 했냐?"

"검찰이고 경찰이고 대통령 때문에 정신이 없을 거 아닙니까. 그래서 상수한테 가자고 하려 했죠. 한데 생각해 보니 형님 배가 아프시잖아요."

"좋은 생각이네. 그쪽으로 가자. 술 먹으면 낫겠지."

"넵! 전화해 보겠습니다."

오늘은 술이라도 잔뜩 먹어야 잠이 올 것 같았다.

상수가 말해준 '윔블던'이라는 건물 지하로 내려가자 마담으로 보이는 여자가 기다리고 있었다.

"어서 오세요. 양 사장님 찾아오신 분들 맞으시죠?"

고개를 끄덕이자 그녀는 넓은 방으로 안내했고, 상수와 명진

이가 기다리고 있었다. 마담을 손짓으로 내보낸 상수는 그녀가 나가자 자리에서 일어나 인사를 했다.

"어서 오십시오, 철이 형님, 석훈 형님."

"어서 오십시오, 형님들."

"서울에 오더니 신수가 훤해졌네. 잘들 지냈냐? 하하핫핫!"

간만에 자신의 아랫사람을 만나서 기쁜지 석두는 호탕하게 웃으며 좋아라했다.

"석훈 형님은 살이 좀 빠지신 거 같습니다?"

"너도 형님이랑 지내 봐서 잘 알잖아. 형님이 얼마나 피곤한 스타일인지… 나 없으면 화장실도 제대로 못가는 분 아니냐. 핫핫핫!"

"…하하. 여전하시네요. 석훈이 형님은."

평소에 석두가 이런 말을 했다면 주먹을 날렸을 것이다. 하지만 술집이나 애들이 있는 앞에선 웬만하면 아무 말도 하지 않았다.

나름 2인자에 대한 나의 배려였고, 석두가 스트레스를 푸는 방법이기도 했다.

"이른 시간이라 여자 애들이 꾸미고 오려면 시간이 좀 걸릴 거라고 하더군요. 그동안 술이나 드시죠."

"그래. 성공한 동생들한테 술 한 잔 얻어먹어 보자."

이왕 온 거 확실하게 대접을 받는 것도 예의라면 예의였다.

술을 먹다 보니 화제는 당연히 대통령 테러에 관한 것이었다.

"형님도 대통령이 총격을 받았다는 뉴스 보셨죠?"

"응."

"지금 사경을 헤매고 있다면서요?"

"글쎄… 그것까진 모르겠다."

수술? 웃기는 소리다.

심장에 두 방, 머리에 세 방을 맞았는데 수술을 한다는 건 말도 안 되는 소리였다. 정부에선 이후 어떻게 할지 생각하기 위해 시간을 끄는 것뿐이었다.

"어찌 보면 참 대단한 놈들이긴 한데 이번 사건으로 조직에 영향이 미치지 않을까 걱정입니다."

"범인이 잡힐 때가진 납작 엎드려 있는 게 좋아."

"잡히겠습니까?"

"당연히 잡히겠지."

'없으면 만들어서라도.'

뒷말은 삼켰다. 굳이 술을 먹으면서 무거운 얘기를 하고 싶지 않았다.

양주 한 병이 비워졌을 때쯤 마담이 들어왔다.

"급하게 준비시키느라 조금 부족할 수 있지만 나름 최선을 다해 준비했으니 즐거운 시간들 보내세요."

마담은 말은 부족하다고 했지만 꽤 자신만만한 표정을 짓고 있었다.

"서혜예요."

"보미예요."

"윤주예요."

"유정이에요."

들어온 네 명은 인사를 하며 자신의 이름을 말했다.

마담이 자신만만해할 만큼 괜찮은 얼굴에 몸매를 가지고 있었다. 다만 연예계 생활을 해서 눈높이가 하늘 꼭대기에 달려 있는 것이 문제라면 문제였다.

"형님이 먼저 선택하십시오."

"고마워."

하룻밤을 즐기는 여자를 선택하는데 심력을 소모하는 것이 우스웠지만 이왕이면 다홍치마라고 내 스타일이면 더 좋았다.

난 다시 앞에 서 있는 여자애들을 살피다 세 번째 여자를 보곤 눈을 좁혔다.

'음, 저 애는……'

다소 마른 듯하면서도 육감적인 몸매를 가지고 있었고 다른 여자애들에 비해 키가 작은데도 불구하고 커 보였다.

"윤주라고 그랬나? 혼자 저쪽으로 서볼래?"

"네? …아, 예."

내가 찾던 조건에 부합하는 여자였다.

난 윤주라는 아이를 선택했고, 이어 석두가 글래머러스한 여자를 선택했다. 그리고 나머지 둘이 각각 상수와 명진 곁에 앉았다.

"일한 지는 얼마나 됐지?"

왠지 술을 따르는 것이 어색해 보였기에 물었다.

"한 달 전부터 시작했어요."

"나이는?"

"스물이에요."

"성경험은?"

"…몇 번 안 돼요."

마담이 시켰는지 모르지만 단번에 거짓말이라는 걸 눈치챌 수 있었다.

"잘 들어. 오늘 네가 나에게 어떻게 하느냐에 따라 니 인생이 바뀔 수 있어. 지금부터 내가 묻는 말에 거짓말을 하면 넌 그 기회를 잃게 될 거야. 다시 묻지. 성 경험은?"

"고등학교 때부터……"

그녀는 인생이 바뀔 수 있다는 내 말을 믿는지 아님 협박이라고 느껴졌는지 모르지만 이후에 묻는 답엔 솔직하게 얘기하는 것 같았다.

"형님, 호구조사 그만하시고 제대로 노는 것이 어떻습니까?"

나 때문에 눈치를 보고 있던 석두가 어느 정도 얘기가 끝났다고 생각했는지 입을 삐쭉거리며 말했다.

"아! 미안. 갑자기 일할 거리가 생겨서 말이야. 상수는 나랑 좀 있다 얘기 좀 하자."

"좀 있다가 아니라 내일 하시는 게 어떠십니까? 오늘은 마음껏 즐기셔야죠."

"하긴 즐기러 왔으니까. 좋아! 그럼 본격적으로 놀아볼까?"

지금 이 순간만큼은 일에 대해 잊기로 했다.

나라의 미래 바꾸기도, 내 인생 바꾸기도.

제12장

또 다시 과거로

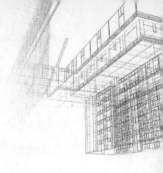

이틀이 지난 뒤 대통령의 죽음이 공식화되었다.

그때부터 정규 방송은 취소되었고, 방송 3사와 12월 1일부터 시작된 종합 편성 채널들은 하루 종일 그의 죽음에 대해 반복적으로 내보내고 있었다.

한데 TV에 나오는 많은 사람들이 조의를 표하며 슬픈 표정을 짓고 있었지만 딱히 진심이 느껴지지 않았다.

—…이곳이 범인이 범행에서 사용한 무기를 버린 곳입니다. 특별수사본부 관계자에 의하면 범인은 이곳에 무기를 버리고 CCTV의 사각지대인 후문으로 도주한 것으로 보고 있습니다. 범인은 최근에 설치된 CCTV의 위치까지 완전히 파악하고 있는 것으로 보아 사전에 중곡시장을 방문했을 것이라 보고 과거의

데이터부터 사건 당일의 CCTV 영상을 분석하고…….

"그렇게만 수사해 줘."

TV를 보던 난 특별수사본부의 수사 방향에 감사함을 표하곤 종료 버튼을 눌렀다.

"…할 일이 없군."

영화 촬영은 예정대로 진행되고 있었지만 드라마 촬영은 일주일간 쉬게 되어 시간이 남았다. 한데 막상 시간이 남자 왠지 모를 공허함에 뭘 해야 할지 생각이 나지 않았다.

'BU나 갈까?'

정희철에게 그라운드 기술을 배우면서 입식타격만큼이나 배울 것이 무궁무진하다는 걸 깨달았다. 또한 가전무술의 금나수법을 좀 더 공격적으로 바꿀 수 있을 것 같았다.

결정을 내리고 막 일어나려 할 때 전화가 울렸다.

최정연이었다.

한 걸음 가까워져서인지 별일이 없을 때도 오늘처럼 전화를 했다.

—지금 뭐해?

"촬영이 취소돼서 운동이나 갈까 하고 있어. 촬영은 잘돼 가?"

—나 어디게?

보통 이렇게 물으면 광고 촬영지인 프랑스는 아니라는 소리였다. 하지만 놀라길 바라는데 아는 척하는 건 좋은 방법이 아니었다.

"프랑스 아냐?"

―한국! 지금 공항이야.

"오! 정말?"

―호호호! 프랑스 남자 꾈 시간에 밤늦게까지 촬영해서 이틀이나 빨리 끝내버렸어.

"그럼 밤에 볼까?"

―아니, 백제호텔 레스토랑에서 지금 봐. 촬영한다고 굶었더니 고기가 너무 당겨.

"파파라치들이 무섭지도 않냐?"

―전혀. 들키면 이참에 사귄다고 해버리지, 뭐.

"알았어. 바로 갈게."

잔뜩 들뜬 목소리로 말하고 있는데 운동을 간다고 말할 순 없었다.

"형님, 어디 가시려고요?"

전화를 끊고 나가려는데 이번엔 석두가 들어왔다.

"웅. 정연이가 한국에 왔다고 해서."

"파티는 아니겠군요?"

"당연히 아니지. 오늘은 일이 없으니 클럽이라도 가든지."

"제가 클럽 간다고 통할 얼굴은 아니잖아요. 참! 형님이 알아보라고 한 민종수에 관한 서류가 이제야 도착했습니다."

"빨리도 알아냈다……."

"늦어서 그런지 꽤 상세하게 알아 왔더라고요."

"어쨌든 고생했다."

난 석두가 건네는 서류를 들고 다시 자리에 앉았다. 머릿속에 넣고 난 후에 갈 생각이었다.

당연하게 최정연보다 내가 먼저 도착했다.

"조용한 곳이면 좋겠습니다."

"룸으로 안내해 드릴까요?"

고개를 끄덕이자 종업원은 경관이 좋은 방으로 안내했다.

"식사는 손님이 오면 하기로 하고 일단 커피 한 잔만 부탁드립니다."

어제 내린 눈으로 삭막함이 덜해진 서울의 풍경을 잠시 바라보고 있는데 커피가 도착했다.

난 자리에 앉아 커피를 마시며 조금 전에 본 서류의 내용을 끄집어냈다.

'이상해. 민종수의 아버지가 경영하던 미향투자건설은 지금처럼 큰 회사가 아니었던 것 같은데……'

부동산 관련 중소기업에 불과했던 미향이 현재는 재벌이라고 불릴 정도로 커 있었고, 추측되는 재산이 우리나라에서 손에 꼽힐 정도라고 서류에 적혀 있었다.

난 머릿속 서류를 넘기며 언제부터 커졌는지를 살펴보았다.

'현재 소유하고 있는 건물들과 토지 대부분이 7년 전에 구입했네? 민종수를 유학 보낸 시점인데… 돈벼락이라도 맞은 것인가?'

민종수에게 일방적으로 당하던 과거를 바꿔 친구처럼 지냈다고 해서 그 아버지가 백억 대의 자산가에서 몇 조 대의 자산가가 되었다?

이해가 되지 않았다.

"젠장! 이러면 나보다 오히려 민종수, 그 새끼를 위해 과거를 바꾼 꼴이 됐잖아?"

바뀐 인생에 충분히 만족하고 있는데 정작 민종수가 더 잘됐다니 배가 아팠다.

"늦었다고 화난 거야?"

한참 투덜대는데 최정연이 들어왔다.

"그럴 리가. 연기 연습 중이었… 흡!"

변명을 하는데 향긋한 입술이 덮쳐왔고, 입술의 립스틱을 다 먹었을 때쯤 떨어졌다.

"하아~ 그리운 입술이었어. 나 보고 싶지 않았어?"

"보고 싶었어. 한데 입술보단 고기를 먹고 싶다고 하지 않았어?"

"입술이 가장 급해. 그리고 이것도… 그 다음이 육식이지."

"큭! 셋 다 육식이네."

"호호호! 듣고 보니 그러네. 그럼 일단 두 번째 육식을 하자."

"하하! 그래."

바로 식사를 주문했고 어떻게 지냈는지에 대해 말을 하다 보니 스테이크가 나왔다.

스테이크를 먹으면서 최정연은 원래 수다스러운 캐릭터였나 싶게 많은 말을 했다.

"…내가 열심히 하니까 감독 입장에선 나쁠 게 없지. 촬영 경비도 아끼고 말이야. 하지만 다른 스태프들은 꽤나 아쉬운 모양이더라고."

"프랑스까지 가서 일만 하다가 왔으니 그랬겠지."

"넌 뭐 재미난 일 없었어?"

"재미난 일보단 좀 섬뜩한 일이었지 촬영 장소 옆에서 대통령이 죽었어. 그 때문에 촬영도 일찍 접었었어."

"프랑스 뉴스에도 크게 났었어. 정말이지 세상이 어떻게 되려고 그런 일이 일어나는지……."

"프랑스 반응은 어때?"

"한 이틀 메인으로 뉴스에 나오다가 가볍게 언급되는 정도가 다야. 사실 유럽 애들 중에 우리나라가 어디에 있는지도 모르는 사람들이 태반이야. 한류 때문에 그나마 나아지긴 했지만 말이야."

"그래?"

"우리나라도 지금이야 세상 무너진 듯이 행동하고 있지만 한 달만 지나면 언제 그랬냐는 듯 잊힐 일이야. 대통령이라고 하지만 세계적으로 대단한 것도 아니고 영향이 있는 것도 아니고. 한 사람 사라진다고 세상이 크게 달라지지 않아."

박명수 대통령을 죽이고 난 미래로 가서 어떻게 변화했는지 매일같이 보고 싶었다.

다만 현재가 어떻게 될지 몰랐기에 염의 에너지를 보험 삼아 참고 있는 것뿐이었다.

한데 최정연의 말에 뒤통수를 맞는 듯한 충격과 함께 약간의 깨달음을 얻을 수 있었다.

'현실에서 바뀌는 것이 없다면 미래가 바뀔 리가 없잖아……!'

미래에 가고 싶다는 마음이 사라졌다.

현실이 어떻게 변하는지 지켜보다가 변화가 있을 때 가면 되는 일이지, 지금 가는 건 에너지 낭비였다.

'하긴 이렇게 쉽게 끝날 일이었으면 지금보다 훨씬 많은 능력을 가지고 있던 과거의 내가 못 바꿨을 리가 없지. 멍청하게 이런 깨달음이나 좀 봉인해 둘 것이지.'

나의 부족함을 과거의 내 탓으로 돌렸다.

"분위기 무겁게 만드는 얘기는 그만두자. 몇몇 사람들은 그의 죽음이 아쉽겠지만 우리랑은 상관없잖아?"

"하긴 그러네. 어쨌든 그걸 제외하곤 특별한 건 없었어. 촬영장, 집, 촬영장, 집의 반복이었거든. 아! 맞다. 호수의 비친 달에 누가 날 꽂았는지 알았어."

며칠 전 투자자라고 촬영장에 왔는데 창천그룹과 관련 있는 곳이었다.

"…누구?"

누구인지 물었을 때 모른다고 했던 최정연의 얼굴이 미세하게 굳는 것을 보아 그녀는 알고 있었던 것이 분명했다.

난 못 본 척 말을 이었다.

"류성은. 도대체 우리 관계에 왜 그렇게 신경을 쓰는지 의문이긴 하지만 어쨌든 두 번 다시 내 일에 관여하지 말아달라고 해줘."

"성은이가……? 걔가 왜 그랬을까?"

"비록 귀찮긴 하지만 고맙다고도 전해 주고."

"다른 애들은 은근히 해주길 바라는데 넌 해줘도 싫다는 거 보면 참 별나. 어쨌든 방금 전에 한 말은 조금 있다가 본인한테 말해."

"엥? 만나기로 했어?"

"응. 내가 약속 장소를 이곳으로 잡은 거 보면 뭐 떠오르는 거 없어?"

왜 없겠는가.

"…종수도 나오는 거야?"

"응. 지난번에 같이 만나기로 했잖아. 너도 민종수 만나고 싶어 했고."

"그랬지."

"얼마 전에 일 때문에 한국에 들어와 있었는데 금방 다시 들어갈 줄 알고 성은이에게 말하지 않았나 봐."

"역시 내 눈이 잘못되지 않았구나. 한데 언제 오기로 했어?"

"빨리 보고 싶은가 봐? 이거 은근 질투 나는데."

"그 정도는 아니고. 철없던 고등학교 시절을 같이했던 친구라 조금 그리운 정도야."

"민종수 고등학교 때 어지간히 날라리처럼 놀았다던데 너도 그랬나 봐?"

"질풍노도의 시기였으니까. 대부분 그렇지 않나?"

"난 전교에서 놀던 모범생이었거든."

"모범생이었다니 왠지 더 자극적으로 보이는데."

"피이~ 그 두 사람과 4시에 만나기로 했어……."

살짝 눈을 흘기며 말하는 것이 세 번째 육식을 하고 싶은 모양이었다.

"괜찮겠어?"

사람들의 눈이 많지 않느냐는 뜻이었다.

"여기선 당연히 안 되지. 근처에 아무도 모르는 아지트가 있어. 그리 가자."

최정연을 따라 망설임 없이 일어났다.

4시까지 마음을 완전히 다잡아 놓을 필요가 있었다.

*　　　　　*　　　　　*

"김철?"

"민종수! 오랜만이다. 7년 만인가?"

"벌써 7년이나 됐나? 반갑다! 성은 씨한테 내 얘기 듣고 고등학교 때의 너와 연관이 되지 않아 한참 생각했었다."

민종수의 첫인상은 고등학교 때의 찌질한 모습도, 첫 번째 인생 때의 비열하면서도 얄팍한 모습은 온데간데없었다.

다소 느끼하게 보이긴 했지만 전체적으로 자신감 넘치는 태도와 깔끔한 용모가 내 기억 속 민종수와는 너무나도 달랐다.

다만 신분상의 격차가 있다고 생각하는지 약간 무시하는 듯한 느낌을 받았다.

"하긴 고등학교 때 말썽 피우던 내가 배우가 될 줄은 나도 몰랐으니까. 아버님은 잘 계시지? 어릴 때 경찰서 안 가게 많이 도와주셨는데……."

"너무 잘 계셔서 탈이지. 숙녀 분들을 위해서라도 우리 얘기는 따로 술이나 한잔하면서 하자."

'하아? 적응이 안 되는군.'

류성은과 최정연이 자리에 앉게 의자를 빼주는 민종수의 모습에 혼란스러웠다.

'무슨 일을 겪은 거야, 아님 연기냐?'

큰일을 겪으면 한 달 만에 사람이 확 변하는 경우도 있었다. 그러니 7년이면 개만도 못한 민종수가 인간이 될 수도 있는 일이었다.

민종수가 회개해서 좋은 사람이 되었다면 내가 그를 벌할 수 있을까 하는 의문이 순간적으로 들었다.

대답은 회의적이었다.

과거가 바뀌기 전이나 바뀐 지금이나 나쁜 놈이라면 동일시시켜서 내가 당했던 것에 이자까지 듬뿍 보태서 복수를 했을 것이다.

그러나 회개한 사람에게 존재하지도 않는 과거의 원한을 들먹이며 복수를 하고 싶지는 않았다.

물론 지금의 모습만으로 판단할 수 없고, 지켜봐야 할 일이지만 민종수를 만나기 전까지 맹렬히 불타오르던 복수심이 한 풀 꺾이는 느낌이 들었다.

'근데… 나야 분노를 표출할 대상이 사라지느냐 마느냐 기로에 서 있어서 기분이 별로라지만 쟨 도대체 왜 아까부터 똥 씹은 표정인데?'

류성은은 들어올 때부터 로봇처럼 무표정한 얼굴로 자리에 앉아 있었다.

물론 남자혐오증이 있어서 옆에 앉아 있는 민종수가 부담스

러워 그럴 수도 있었지만 그보다는 세상에서 자신을 격리시킨
듯한 느낌이었다.

"성은 씨, 어디 안 좋아요?"

나도 눈치라는 게 있었다.

지금 반말과 장난을 친다면 폭풍한설과 같은 차가운 목소리
를 들을 것 같았기에 예의바르게 물었다.

한데 정작 대답은 민종수가 대신했다.

"두 사람 아는 사이었어?"

"정연이 생일파티 때 한 번 봤어."

"그래? 파티 때의 성은 씨는 어땠어?"

멍하니 어딘가를 보고 있던 류성은의 눈동자가 레스토랑에
들어온 뒤 처음으로 나를 향했다.

쯧! 난 눈빛은 읽을 능력 없거든!

뭔가를 말하는 듯한 눈빛이었기에 나름 추측해서 거짓말을
했다.

"도도했지. 지금처럼 말이야. 그때 때 이른 겨울이 온 줄…
험험! 어쨌든 지금과 다르지 않아."

"그렇구나. 한데 그때와 다르니까 어디 안 좋으냐고 물었을
것 아냐?"

집요한 자식!

흡사 묻는 것이 의처증을 가진 남자 같았다.

난 커피를 마시면서 슬쩍 류성은을 봤다.

방금 전 설명을 덧붙일 땐 죽일 듯이 바라보더니 또다시 뭔
가를 바라는 눈빛으로 보고 있었다.

'알았다, 알았어. 내가 핑계 잘 댈게.'

난 눈빛으로 그녀에게 대답해준 후 민종수를 향해 입을 열었다.

"내가 원래 눈썰미가 좋잖아. 속이 안 좋으면 얼굴에 다 나타나는 법이거든. 성은 씨, 딱 보니 변비네, 변비."

"……!"

"…….."

나의 변명이 완벽했는지 민종수도, 류성은도 더 이상 말이 없었다.

민종수가 자신의 유학시절 있었던 재미난 얘기들로 분위기를 밝게 하려했다.

하지만 류성은이 똥 마려운 사람처럼 앉아 있다 보니 분위기는 밝아질 수가 없었다.

와인을 곁들인 저녁을 먹고 나자 슬슬 파장 분위기가 되었다. 난 아랫도리에 가득 찬 오줌을 비우고자 자리에서 일어났다.

"나 잠시 장실 좀."

"그럴 땐 매너 있게 자연이 날 부른다(Natural call me)라고 하면 돼."

민종수는 너무 예의바르게 행동하고 말하려고 했는데 외국 버터를 너무 많이 섭취한 모양이었다.

"좋은 거 배웠네. 대! 자연이 아닌 소! 자연이 나를 부른다. 갔다 올게."

비꼬려는 게 아닌 느끼함을 줄이고자 하는 조크였다.

시원하게 소변을 누고 손을 씻고 나오는데, 여자 화장실 앞에 류성은이 서 있었다.

설마 날 기다렸겠나 싶어 지나려는데 나에게 들릴 정도로 조용하게 말했다.

"니가 민종수에 대해 어떻게 생각하는지 알아."

"…내가 어떻게 생각하는데?"

"극도로 미워하고 있지? 죽이고 싶을 만큼."

허를 찔린 듯 뜨끔했다.

'도대체 어떻게 안 거야? 지난번 민종수 얘기가 나왔을 때 너무 티를 냈나?'

여러 가지 생각들이 머리를 스쳤지만 일단은 잡아떼는 게 우선이었다. 민종수와 만났을 때를 대비해 마음을 다잡아 온 것이 지금 도움이 되었다.

"걘 내 친구야."

"이해해. 명색이 약혼자 앞에서 진심을 말하기는 어렵겠지. 그리고 친구도 여러 종류가 있게 마련이야."

"도대체 뭘 말하고 싶은 거지?"

"별거 아냐. 난 네가 생각하는 걸 막을 생각이 전혀 없다는 거야."

"……"

"그냥 그렇다고. 그리고 지금 보는 모습이 민종수의 전부라고 생각하지 마."

류성은은 자신이 할 말만 하고 화장실로 들어가 버렸고, 난 그녀가 사라진 화장실을 지긋이 바라보았다.

내 생각을 어떻게 알았는지, 민종수를 죽여도 상관없다고 말하는 건지, 무슨 의도로 그런 말을 했는지, 민종수에 대해 내가 모르는 것이 무엇인지 물어보고 싶은 것이 많았다.

'종잡을 수 없는 여자야.'

의문은 많았지만 터놓고 물을 수도 없었기에 결국 고개를 돌려 테이블로 돌아갔다.

남은 와인을 마시고 있는데 류성은은 예의 차가운 표정으로 돌아와 자리에 앉았다.

"5일간 쉬지 않고 일하다가 와서 그런지 피곤하다."

조금 전, 류성은이 화장실에 있는 동안 최정연이 문자를 받았는데 자리를 끝내달라는 부탁이었나 보다.

아니나 다를까 최정연이 한마디 하자 류성은이 나서서 말을 받았다.

"정연이가 많이 피곤한 것 같으니까 오늘은 이쯤해서 끝내요."

"그럼 그렇게 해요. 집에 데려다 줄게요."

"괜찮아요. 종수 씨는 7년 만에 만난 친구와 한잔 더해요."

"차도 안 가져왔잖아요?"

"정연이랑 같이 가다가 떨궈 달라고 하면 돼요."

"성은 씨가 편한 대로 해요."

우리는 끝냈다.

"하하하! 정연 씨, 만나서 반가웠습니다. 우리 성은 씨 잘 부탁드려요. 다음에 또 만납시다!"

여자들을 따라 호텔 지하 주차장까지 따라 내려온 민종수는 차가 완전히 사라질 때까지 손을 흔들 정도로 상냥함의 끝을 보여줬다.

"유학 가서 무슨 일이 있었냐? 천하의 민종수가 완전 젠틀맨이 되어버렸네."

난 고등학교 때 사용하던 어투로 민종수에게 말했다. 그가 정말 변했는지에 대한 테스트였다.

"싸움 끝판왕이라 불리던 김철이 연예인이 되어 여자한테 알랑거리는 건 어떻고? 아, 씨발! 예의 바른 척 행동했더니 존나 닭살 돋네. 어? 웃냐? 원래 내 모습을 봐서 기뻐서 웃는 거냐?"

"하하하! 물론이지. 넌 너다울 때가 제일 좋아. 그리고 지금이 제일 너답고."

점점 죽어가고 있던 분노의 불씨가 다시 활활 타오르기 시작했다.

"새끼, 나다운 게 뭔데? 뭐 그건 나중에 듣기로 하고 일단 자리 옮기자. 여긴 보는 눈이 너무 많아."

"그러자."

전에 본 스포츠카가 아닌 기사 달린 차를 타고 간 곳은 화려하기 그지없는 룸살롱의 특실이었다.

앉기가 무섭게 술과 안주가 테이블에 놓이더니 금세 마실 준비가 완료되었다.

차를 타면서부터 내가 묻는 말에도 대답 없이 입을 다물고 있던 민종수는 양주병을 들어 올리며 조곤조곤 말하기 시작했다.

"아까 네가 말한 나다운 게 뭔가를 오는 동안 곰곰이 생각해 봤어. 지금과 그때를 비교할 수는 없지만 변하지 않은 나다운 것이 있긴 있더라고. 그게 뭔지 알아?"

그는 물었지만 대답을 바라고 한 질문은 아닌 듯 계속 말을 이었다.

"그건 친구를 사귈 때 현재의 나와 격이 맞는지 안 맞는지를 본다는 거야. 그게 아니라면 필요한 사람인지 아닌지를 보고 말이야."

역시 민종수다웠다.

물론 사람을 만날 때 이해득실을 따지는 사람들이 있으니 유별나다고는 할 수 없지만 대놓고 얘기하는 사람은 드물었다.

'그나저나 이건 어떻게 반응해야 하나?'

민종수를 만나기전 나름 민종수 파멸 계획을 세워둔 상태였다.

그와 친해진 후 그가 가진 것들, 그가 좋아하는 것들을 모조리 빼앗고 마지막엔 과거의 나처럼 만들어 두려고 했다.

그런데 다른 것도 아니고 친구가 되는 것부터 고민을 하게 될 줄은 몰랐다.

일단 반응을 보고 결정하기로 하고 그에게 물었다.

"왠지 너랑 친구를 하려면 자격이 필요하다고 들리는데, 맞나?"

"너무 기분 나빠하지 마. 겉으론 아닌 척하지만 대부분이 그런 식으로 사람을 만나잖아, 안 그래? 고등학교 때의 넌 내 친구가 될 자격은 충분했어."

"지금은 아니다?"

"글쎄? 그건 알아봐야겠지?"

"…됐다, 이 새끼야, 알아보긴 뭘 알아봐. 간만에 친구를 만났다고 좋아했던 내가 바보다."

한 번 고개를 숙이면 그때부턴 밑에 사람처럼 대할 게 뻔했다.

친구로 지내는 것도 큰 맘 먹고 하는 건데, 수하 짓은 절대 사양이었다. 그럴 바에야 단숨에 죽여 버리는 것이 나았다.

"여기까지 와서 그냥 가면 서운하지."

"…그럼 나랑 붙기라도 하겠다는 소리냐?"

"내가 미치지 않고서야 옛날의 널 아는데 모험을 할 리가 없지."

"그럼?"

"내가 데리고 다니는 애들과 붙어봐."

"싫다면?"

"강제할 수야 없지. 하지만 과거의 김철이라면 절대 거부하지 않을 거라고 믿어."

"잘못 알았어. 네가 변했듯이 나 역시 변했으니까."

"아쉽네. 난 친구한테는 뭐든 아끼지 않는 사람인데 말이야."

'웃기고 자빠졌네. 보는 눈이 많아 살려두긴 한다만 조금만 기다려라.'

가볍게 코웃음을 치고 방을 나가려는데 민종수가 나와 붙이려고 했던 두 명의 덩치가 안으로 들어왔다.

"이 친구… 입니까?"

그중 한 덩치가 날 흘낏 보더니 같잖지도 않다는 표정으로 민종수에게 물었다.

"됐어. 내가 예전에 알던 친구가 아닌 것 같아. 너희들이랑 싸우기……."

"…얘네들이랑 싸우면 되는 거냐?"

난 민종수의 말을 재빨리 끊으며 물었다.

"오호~ 생각이 바뀐 거냐?"

두 덩치의 얼굴을 보고 당연히 바뀌었다.

하반신 불구였던 날 때리고 목욕탕 물에 처박아 기절시켰던 놈들을 어떻게 잊을까.

"응, 한데 죽여도 되냐?"

"…하하하핫! 이제야 김철답네. 하지만 역관광 당하는 수가 있으니 적당한 선에서 하자."

"깽값은?"

"하아~ 사장님 아는 사람이라고 해서 적당히 해주려고 했더니 안 되겠네. 죽어도 깽값 달라고는 안 할 테니까 제발 울지만 마라. 그럼 때리는 내가 얼마나 마음이 아프겠냐."

"깽값은 내가 낸다! 누구부터 할래?"

"둘 다 붙어. 나중에 징징대는 꼴 보기 싫으니까."

"하하하! 좋아, 좋아! 내가 '시작'하면 하는 거다. 모두 준비하시고~"

민종수의 눈요깃거리가 되긴 싫지만 오늘은 감수하기로 마음을 먹었다.

'아주 자근자근 밟아줄게!'

"시작!"

이미 단전의 힘을 풀고 있던 난 민종수의 말이 떨어지자 두 명에게 접근했다.

짝! 짝!

시원한 싸대기 한 방씩을 시작으로 본격적인 원한 갚기를 돌입했다.

                    *   *   *

"형님, 좋은 일 있으십니까?"

문을 벌컥 열고 들어온 석두가 내 얼굴을 요리조리 쳐다보더니 물었다.

"그래 보이냐?"

"네, 방금 막 세 번의 떡을 끝낸 사람처럼 아주 행복해 보입니다."

말을 하면서도 맞을 짓을 했다는 걸 아는지 움찔 피하는 자세를 취하는 석두.

즐거운 구경이 될 거라고 웃으며 좋아하던 민종수가 인상을 찌푸리며 그만하라고 할 때까지 30분이 넘게 두 덩치를 박살 냈던 기억을 떠올리며 난 관대하게 석두를 용서했다.

그 후 민종수에게 친구로 인정받아—하나도 기쁘지 않았지만—앞으로 친하게 지내기로 한 건 덤이었다.

'뻘짓이 되겠지만 그래도 나쁘지 않아. 반복하는 것도 나름 재미있잖아.'

민종수와 술을 먹으며 대화를 하고 난 뒤 첫 번째 계획을 실행시키기로 마음을 먹었다.

바로 민종수와 류성은의 약혼을 방해할 생각인데, 그렇게 된다면 이번에 민종수를 만난 일은 없었던 일이 될 가능성이 높았다.

각설하고 돈은 많지만 상류사회에서 인정을 받지 못하고 있는 민종수와 남자혐오증 때문에 나름 정략적인 상대가 필요한 류성은의 약혼을 깨뜨리기 위해 필요한 것.

내가 생각한 것은 류성은의 남자혐오증을 고쳐 주는 것이었다.

물론 민종수의 아버지가 갑작스럽게 부자가 된 이유를 찾을 수 있다면 더할 나위 없이 좋을 것이다.

그러나 알아내는데 시간이 오래 걸리면 과거를 바꿨을 때 영향을 받는 것들이 너무 많아져 예측하지 못한 일이 벌어질 수도 있었다.

'일단은 두 사람의 관계를 무(無)로 만든 다음 부자가 된 이유를 찾기로 하자.'

이 일은 일거양득이었다.

과거를 바꿈으로서 류성은의 인생이 바뀌게 될 테고, 그럼으로써 그녀의 아들―미래에 나라의 주권을 포기하는 조약서에 사인을 하게 되는―의 미래도 바뀔 수 있었다.

"계속 헤죽헤죽 웃는 것이 아무래도 이상한데……."

"영양가 없는 소리 그만하고 할 얘기 있으면 빨리해. 혹시 또 보미 만나러 가는 거냐?"

"헤헤! 눈치도 빠르시네요."

보미는 상수가 대접을 했었던 술집 아가씨였다.

"데리고 살 거 아니면 적당히 해라."

"아직 사귀는 것도 아닌데요, 뭘. 그저 썸입니다, 썸."

"썸?"

"썸을 모르십니까? 요즘 유행에 민감한 핫피플들이 쓰는 말입니다. 쉽게 말해 친구와 연인의 중간쯤 되는 관계라고 생각하시면 됩니다. 자세하게 말하면……."

몇 번 만나다 서로 바빠지면서 흐지부지된 조연출 송미연이 퍼뜨린 건지 아님 원래 2011년부터 있었던 말인지 석두는 썸에 대해 구구절절 설명하려 들었다.

"딱 거기까지! 알아들었으니까 얼른 가. 더 설명하면 안 가는 걸로 알겠다."

"형님도 핫피플이 되려면 알아두셔야… 네네, 갑니다. 그럼 내일 뵙겠습니다."

석두가 나간 뒤 A4용지에 절대출입금지라고 적어 문밖에 붙여둔 후 문을 걸어 잠갔다.

내가 가려는 시간대가 시간대인 만큼 집중을 해서 처리하는 것이 좋았다.

난 소파에 누운 채 염을 뽑아내 하늘로 올려 보냈다.

잠시 시시각각 변화하는 대한민국을 바라보다가 당김을 이용해 류성은이 두 번째로 납치되었던 강남 대치동에 있는 초등학교로 염을 하강시켰다.

그리고 시간의 흐름에 몸을 맡겨 과거를 거슬러 올라갔다.

'1996년 10월 4일, 지금이다!'

납치 일을 감지한 난 즉시 시간 속으로 들어갔다.

『인생을 바꿔라』 3권에 계속…

초대형 24시 만화방

신간 100%, 샤워실, 흡연실, 수면실(침대석), 커플석, 세탁기 완비

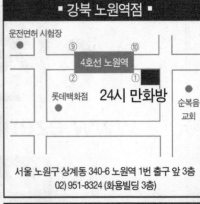
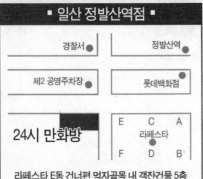

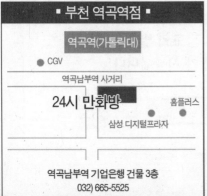
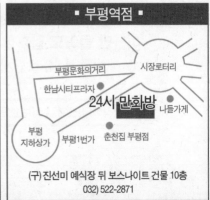

MAJOR LEAGUER

메이저리거

FUSION FANTASTIC STORY

강성곤 장편 소설

꿈꾸는 자에게 불가능은 없다!

『메이저리거』

불의의 사고로 접어야만 했던 야구 선수의 꿈.
모든 걸 포기한 채 평범한 삶을 살던
민우에게 일어난 기적!

"갑자기 이게 무슨 일이지?"

그의 눈앞에 나타난 의미 모를 기호와 수치들.
그리고 눈에 띈 한 단어.
'타자(Batter)'

**특별한 능력을 얻게 된 민우의
메이저리그 진출기가 시작된다!**

Book Publishing CHUNGEORAM

사략함대 장편소설

FUSION FANTASTIC STORY

법보다 주먹!

2016년 대한민국을 뒤흔들 거대한 폭풍이 온다!

『법보다 주먹!』

깡으로, 악으로 밤의 세계를 살아가던 박동철.
그는 어느 날 싱크홀에 빠진다.

정신을 차린 박동철의 시야에 들어온 건 고등학교 교실.
그리고 그에게 걸려온 의문의 ARS는 그를 새로운 인생으로 이끄는데…….

민의반 무익부가 팽배한 세상, 썩어버린 세상을 타파하라!

법이 안 된다면 주먹으로!
대한민국을 뒤바꿀 검사 박동철의 전설이 시작된다!

Book Publishing CHUNGEORAM

유행이 아닌 자유추구 -
WWW.chungeoram.com

FUSION FANTASTIC STORY

고고33 장편소설

세무사

차현호

대한민국의 돈, 그 중심에 서다!

『세무사 차현호』

우연찮게 기업 비리가 담긴 USB를 얻은 현호는
자동차 폭탄 테러를 당하게 되는데…….

그런 그에게 주어진 특별한 능력과 두 번째 삶.
하려면 확실하게, 후회 없이 살고 싶다!

"대한민국을 한번 흔들어보고 싶습니다."

대한민국의 돈과 권력의 정점에 선
세무사 차현호의 행보에 주목하라!

연기의 신

FUSION FANTASTIC STORY

서산화 장편소설

GOD OF ACTING

PRODUCTION

DIRECTOR

CAMERA

DATE | SCENE | TAKE

무대, 영화, 방송…
모든 '연기'의 중심에 서다!

『연기의 신』

목소리를 잃고 마임 배우로 활동하던 이도원은
계획된 살인 사건에 휘말려 비참한 죽음을 맞이한다.
그런 그에게 주어진 특별한 기회, 타임 슬립.

"저는 당신의 가면 속 심연을 끌어내는 배우입니다."

이제 그의 연기가 관객을 지배한다!
20년 전으로 되돌아가 완전한 배우로서의
삶을 꿈꾸는 이도원의 일대기!

Book Publishing CHUNGEORAM

유행이 아닌 자유추구 -
WWW.chungeoram.com